Alexander Rieckhoff, Stefan Ummenhofer
Strafzeit

1

W0193856

Zu diesem Buch

Studienrat Hubertus Hummel hat jede Menge privater Probleme: Seine Frau hat ihn gegen einen unsympathischen Anwalt ausgetauscht, und seine halbwüchsige Tochter lässt sich schon lange nichts mehr sagen, von ihrem Vater schon gar nicht. Da hat ihm gerade noch gefehlt, dass sein Lehrerkollege Mielke im Stadion seines Eishockeyvereins »Schwenninger Wild Wings« per Kopfschuss getötet wird – mitten im Spiel und genau in dem Moment, als das entscheidende Tor gegen den Erzfeind »Ravensburger Tower Stars« fällt. Hummel findet heraus, dass sich hinter der gutbürgerlichen Fassade des Kollegen ein schillerndes Privatleben verborgen hat. Mit seinem Freund, dem Journalisten Klaus Riesle, nimmt er sich des Mordfalls an. Die Suche nach dem Täter führt die beiden quer durch den Schwarzwald und an den Bodensee. Einer der Hauptverdächtigen ist ausgerechnet der Eishockey-Superstar Kirk Willy ...

Alexander Rieckhoff, geboren 1969 und aufgewachsen in Villingen, studierte Geschichte und Politikwissenschaft in Konstanz und Rom und ist zurzeit als Fernsehredakteur beim ZDF in Mainz beschäftigt. Er lebt mit seiner Familie in der Nähe von Mainz.
Stefan Ummenhofer, geboren 1969 und aufgewachsen in Villingen und Schwenningen, studierte Politikwissenschaft und Geschichte in Freiburg, Wien und Bonn. Er ist als Journalist für Zeitungen sowie die dpa tätig und lebt mit seiner Familie bei Freiburg.
Gemeinsam haben die Autoren mehrere erfolgreiche Schwarzwald-Krimis geschrieben, zuletzt »Honigsüßer Tod« und »Giftpilz«. Weiteres zu den Autoren: www.vs-krimi.de

Alexander Rieckhoff
Stefan Ummenhofer

Strafzeit

Ein Fall für Hubertus Hummel

Piper München Zürich

Mehr über unsere Autoren und Bücher:
www.piper.de

Von Alexander Rieckhoff und Stefan Ummenhofer liegen bei Piper vor:
Honigsüßer Tod
Giftpilz
Strafzeit

Hummels erster Fall erschien zuerst 2000 im Verlag Mory's Hofbuchhandlung unter dem Titel »Eiszeit« und wurde für die vorliegende
Taschenbuchausgabe komplett überarbeitet und erweitert.

Vollständig überarbeitete und erweiterte Taschenbuchausgabe
Juli 2011
© 2011 Piper Verlag GmbH, München
Erstausgabe: Verlag Mory's Hofbuchhandlung, Donaueschingen 2000,
unter dem Titel: »Eiszeit«
Umschlag: semper smile, München
Umschlagmotiv: David Muir / Getty Images / Photographer's Choice
Satz: Kösel, Krugzell
Gesetzt aus der Sabon
Papier: Munken Print von Arctic Paper Munkedals AB, Schweden
Druck und Bindung: CPI – Clausen & Bosse, Leck
Printed in Germany   ISBN 978-3-492-27192-9

INHALT

1. FREITAGSÄRGER

»Freitage!«, brummte Hubertus Hummel wütend. »Ich hasse Freitage.«

Als wäre es nicht schon schlimm genug gewesen, dass sein Auto heute Morgen nicht angesprungen war und er beim dadurch nötig gewordenen fünfzehnminütigen Marsch von der Südstadt zum Schulhaus auf dem glatten Gehsteig ausgerutscht war, weshalb nun das Hinterteil seines üppigen 95-Kilo-Körpers schmerzte. Nein, jetzt waren dem Hausmeister obendrein die belegten Vollkornbrötchen ausgegangen. Und für einen Besuch beim Bäcker reichte die Zeit vor der nächsten Stunde auch nicht mehr.

Hubertus war Gymnasiallehrer für Deutsch und Gemeinschaftskunde in Villingen-Schwenningen im Schwarzwald. Genauer gesagt, im Stadtbezirk Villingen. Noch genauer: am Romäusring, direkt neben der historischen Stadtmauer. An der Schule, die er selbst einst besucht hatte – damals, in den Siebzigern und frühen Achtzigern.

Zu seiner Zeit hatten noch andere Zustände geherrscht. Wissbegierig waren sie gewesen und hatten die Dinge hinterfragt. Umweltverschmutzung, Aufrüstung, die Stationierung der Pershings in Deutschland – daran hatte man sich reiben können. Reiben müssen.

Und heute? Nichts davon war übrig. Das politische Interesse seiner Neuntklässler ging gegen null. Vor dem Computer und mit ihren iPods kannten sie sich zweifelsohne besser aus als er. Aber in Deutsch? Goethe? Hesse? Dürrenmatt? Brecht? Fehlanzeige.

»Pah«, murmelte Hubertus vor sich hin. »Was für eine

Generation.« Er schlurfte ins Lehrerzimmer, öffnete eine Flasche biodynamisch erzeugten Apfelsaft und nahm gedankenverloren einen Schluck.

Eine Schulstunde noch, dann war endlich Wochenende. Und es würde nicht ein x-beliebiges Wochenende werden: Am Abend war Eishockey in der Schwenninger Helios-Arena angesagt. Schon die ganze Woche fieberte er der Partie entgegen. Die Schwenninger »Wild Wings«, vielmehr der SERC, wie Hubertus das Team heute noch bezeichnete, obgleich es schon vor einem Jahrzehnt umbenannt worden war, standen im Play-off-Finale gegen den Rivalen aus Ravensburg. Es winkte die Rückkehr in die oberste deutsche Eishockeyliga – dorthin, wo der SERC seit den späten Siebzigern mehr als zwei Jahrzehnte lang gespielt hatte. Mit einem frierenden, leicht korpulenten Fan an seiner Seite, der Woche für Woche jedes Spiel auf einem Stehplatz in Höhe der Mittellinie verfolgt hatte: Hubertus Hummel.

Natürlich gehörte sein SERC in die erste Liga – die DEL.

»Best of Five« lautete das Motto dieses Finales gegen Ravensburg. Wer zuerst drei Spiele gewonnen hatte, würde die Niederungen der zweiten Liga verlassen und sich fortan mit den reichen Großstadtvereinen messen dürfen, die allerdings deutlich weniger Eishockeytradition hatten. Heute Abend fand die dritte Partie der Finalserie statt – und sie war natürlich restlos ausverkauft. Beide Mannschaften hatten bislang je einmal gegeneinander gewonnen, also brauchten beide noch zwei Siege bis zum Aufstieg.

Mit viel Begeisterung und kontrollierter Aggressivität wolle man dem Gegner Paroli bieten, hatte der Schwenninger Trainer in der gestrigen Pressekonferenz gesagt, wie man im Schwarzwälder Kurier hatte lesen können. Kontrollierte Aggressivität, das war gut. Das spiegelte auch Hummels derzeitigen Gemütszustand wider.

Und wie konnte man diese kontrollierte Aggressivität in

einer Schulstunde umsetzen? Ganz einfach: mit einem unangekündigten Test. Sein Gemeinschaftskunde-Leistungskurs in der Zwölften sollte mal zeigen, was er so drauf hatte. Er verdrängte, dass er solche repressiven Maßnahmen früher einmal streng verurteilt hätte.

Jetzt aber schnell. Hubertus Hummel rauschte um die Ecke in Richtung Klassenzimmer – und prallte fast mit dem Kollegen Mielke zusammen, der Sport und Mathematik unterrichtete. Ausgerechnet Mielke, der braun gebrannte blonde Schönling. Neid und Verachtung hielten sich bei Hubertus die Waage. Durchtrainiert war er, der Mann, aber eben doch ein Spießer. Frau, Kinder, Mitglied in mindestens zehn Vereinen und ein Häuschen im Ortsteil Pfaffenweiler vor den Toren der Stadt. Ein Teil des Establishments eben.

»Ah, Herr Kollege«, sagte Mielke. »Gut, dass ich Sie treffe. Gehen Sie heute auch zum Eishockey? Da könnten Sie mich doch mitnehmen. Meine Frau braucht unseren Wagen.«

»Ein andermal gern«, murmelte Hubertus verlegen. »Aber der Wagen ist defekt. Vielleicht sehen wir uns im Bus oder in der Bahn.«

»Im Bus?«, echote Mielke. »Da braucht man ja zwei Stunden.«

Hubertus zuckte mit den Schultern und klopfte auf seine alte Armbanduhr: »Tut mir leid. Ich muss.«

Hätte er Mielke sagen sollen, dass er selbst schon einen Fahrer organisiert hatte? Nein. Sollte sich Mielke doch von einem seiner Vereinsmeier nach Schwenningen kutschieren lassen. Wenn einer schon eine Sitzplatz-Dauerkarte hatte …

Für Hubertus war es hingegen Ehrensache, seinen stetig anwachsenden Bauch auf die Stehränge zu zwängen. Auch nach all den Jahren noch. Und sogar nachdem man die Zahl der Sitzplätze beim Umbau der Arena deutlich erhöht hatte und viele seiner Tribünennachbarn auf die oberen Ring gewechselt waren. Natürlich hatte man von dort den besseren Blick aufs Eis. Aber Hubertus blieb auf seinem Stammplatz.

Die Stunde mit der Zwölften verging trotz des Tests fast überhaupt nicht, der Nachmittag dafür umso schneller. In der Wohnung musste zumindest etwas aufgeräumt werden. Seit seine Frau vor einigen Wochen umgezogen war, herrschte das reinste Chaos. »Kreatives Chaos«, wie Hubertus nicht müde wurde sich und anderen klarzumachen. Martina, seine siebzehnjährige Tochter, war ihm beim Haushalt alles andere als eine Hilfe. Seit Neuestem trug sie zu allem Überfluss ein Zungenpiercing – ihre Mutter hatte dazu die Einwilligung gegeben.

An diesem Nachmittag hatte sie sich zum Cappuccinotrinken in ein Eiscafé in der Nähe des Riettors verabschiedet und ihn obendrein um zehn Euro angebettelt. Was Elke betraf, so war »umgezogen« vielleicht nicht der ganz korrekte Ausdruck. Die werte Gattin war nicht um-, sondern ausgezogen.

Und als wäre dies nicht schlimm genug: ausgerechnet zu Bröse, diesem aufgeblasenen Wichtigtuer. Dr. jur. Guntram Bröse. Zu Hubertus' Leidwesen galt Bröse als Staranwalt von VS.

VS – so wurde die gut achtzigtausend Einwohner zählende Stadt Villingen-Schwenningen gemeinhin genannt. Seit der Fusion im Zuge der Kreisreform 1972 war aus den beiden Orten zumindest auf dem Papier eine Doppelstadt geworden. Die badisch-katholischen und eher bürgerlich geprägten Villinger und die Bewohner von Schwenningen, das durch die florierende Uhrenindustrie erst Anfang des 20. Jahrhunderts zur Stadt geworden war, hatten immer noch so ihre Schwierigkeiten, sich mit dem Ausdruck VS zu identifizieren, und der eine Stadtteil erzählte über den jeweils anderen durchaus gehässige Witze.

Studiert hatte Bröse – wie Hubertus – im siebzig Kilometer

entfernten Freiburg. Aber während Hubertus gegen Fahrpreiserhöhungen im öffentlichen Nahverkehr gekämpft und in Vollversammlungen für mehr Mitbestimmung der Studierenden im Universitätsbetrieb eingetreten war, hatte Bröse seine Zeit in einer schlagenden Verbindung verbracht. Ein Schmiss zierte des Anwalts Wange und zeugte von den damaligen Fechtduellen. Dass Elke so etwas gefiel, zeigte wieder einmal, dass Frauen ihre innersten Überzeugungen verrieten, sobald sie nur mit genügend Süßholz vollgeraspelt wurden ... Kein Wunder, dass sie einen zutiefst integren Menschen wie ihn nicht zu schätzen wusste, dachte Hummel.

Er hatte versucht, sich seine politischen Ideale aus der Studienzeit zu bewahren. Allerdings mit nachlassendem Erfolg, wenn er ehrlich zu sich selbst war. Er spürte, dass auch er immer konservativer wurde. War sein zunehmendes Alter daran schuld? Oder lag es an den Schülern? Gar an seiner kleinbürgerlichen Herkunft?

Egal. Heute ging es um Sport, nicht um Politik. Hubertus zwängte sich in seinen alten Pullover, wickelte sich den langen blau-weißen Schal in den Vereinsfarben um, den ihm Elke vor Urzeiten mal gestrickt hatte, und machte sich auf den Weg zum Treffpunkt mit seinem Freund Klaus. Mit der linken Hand grüßte er im Vorübergehen einen Nachbarn, der – ebenfalls in einen großen blau-weißen Schal gewickelt – gerade in seinen Ford stieg.

Die Südstadt war ein idyllisches Viertel von Siedlungshäusern, die zu einem guten Teil in den Dreißigern, manche auch in den Fünfzigerjahren entstanden waren. Hier ging es bodenständig zu, und man kannte sich. Die meisten Bewohner waren echte Villinger und lebten schon seit Jahrzehnten hier.

Obwohl es mittlerweile April war, hatte sich der Schwarzwälder Winter noch einmal zurückgemeldet – mit Schnee und Temperaturen im Minusbereich. Was zweifellos gut für die Eishockeyatmosphäre war, gefiel denjenigen, die sehnsüchtig auf den Frühling warteten, weniger. Immerhin bestätigte es das Bonmot, dem zufolge man den Hochsommer in Villingen daran erkenne, dass man den Wintermantel nun offen trage.

Es dämmerte bereits in der Südstadt. Bloß nicht noch mal hinfallen, dachte Hummel und achtete auf jeden Schritt.

Kurz darauf raste Klaus Riesle mit seinem alten Opel Kadett und überhöhtem Tempo in eine Parkbucht der Saarlandstraße. Am Heck prangte immer noch der alte Aufkleber: »SERC – das Höchste im Schwarzwald«.

Klaus war klein, schwarzhaarig, drahtig und Lokaljournalist beim Schwarzwälder Kurier. Deshalb wusste er immer das Neueste aus der Stadt. Momentan allerdings war er nicht ganz auf dem letzten Stand, denn er hatte Urlaub und wohl deshalb für Hubertus' Geschmack zu gute Laune.

»Alles fit, Alter?«

Schweigen.

»Mensch, was ist denn los?«

Hubertus grummelte etwas Unverständliches.

»Ist es immer noch wegen Elke?«

»Elke, das defekte Auto, die Schüler, die Kälte …«

»Mensch«, fuhr ihn Klaus an. »Jetzt reiß dich mal am Riemen! Es ist Wochenende, und in ein paar Tagen sind die ›Wild Wings‹ aufgestiegen.«

Er stimmte einen alten Fangesang zur Melodie von »Go West« an: »Und sooo spielt man Eishockey, und sooo spielt man Eishockey!«

Hubertus' schlechte Laune war auch sechs Kilometer weiter am Ortseingang von Schwenningen noch nicht verflogen.

»›Wild Wings‹! Was für ein bescheuerter Name. Ich sag dir, diese Amerikanisierung ist einfach nicht zum Aushalten! SERC heißt der Verein. Schwenninger Eis- und Rollsportclub 1904 e.V.!«

Klaus sagte nichts. Er wusste, dass Widerspruch Hubertus

zu noch längeren Monologen anstachelte. Der war ohnehin mächtig in Fahrt: »Unser jetziges Team ist spitze – aber erinnere dich mal, was wir Ende der Achtziger zu bieten hatten. Du weißt schon: Wally Schreiber, Grant Martin, Bruce Hardy, George Fritz ...«

Klaus winkte ab und konzentrierte sich dann auf die Parkplatzsuche.

»Restlos ausverkauft«, bemerkte er. »Ohne meine Kontakte wären wir wohl gar nicht an Karten rangekommen. Na ja, die ›Wild Wings‹ können das Geld gebrauchen.«

»Der SERC.«

»Okay, dann eben der SERC. Aber du musst schon zugeben: Tabellenführer nach der Hauptrunde, seit neun Spielen keine Heimniederlage ... Da kannst eigentlich nicht mal du meckern, Huby.«

Er brachte den Wagen neben dem Gustav-Strohm-Stadion zum Stehen, wo der BSV in den Siebzigerjahren fußballerisch in der zweiten Bundesliga für Furore gesorgt hatte.

Jetzt spielte die sportliche Musik im Bauchenbergstadion, das vor ein paar Jahren grundlegend umgebaut, aufgehübscht und nach einem Sponsor zur Arena umbenannt worden war. Brauchte man früher leere Bierkisten, um einen einigermaßen guten Blick auf das Eis zu ergattern, so hatte man diesen jetzt ohne jegliches Hilfsmittel beispielsweise vom schicken Oberrang, der durchweg mit bequemen Sitzschalen ausgestattet war.

Wo man früher wegen einer offenen Hallenseite befürchten musste, schon im zweiten Drittel dem Kältetod zu erliegen, konnte man nun die klimatisierten Vorteile einer Multifunktionsarena genießen. Außerdem gab es deutlich mehr Sitzplätze als früher, wobei dennoch auf die traditionellen Fans mit ihrer Vorliebe für Stehplätze Rücksicht genommen worden war. Ebenso auf die VIPs, für die es eine verglaste Lounge gab, die über der alten Sitzplatztribüne zu schweben schien und aufgrund der jüngsten Erfolge der »Wild Wings« beinahe überquoll. Wer im wirtschaftlichen und politischen Leben der Region etwas auf sich hielt, musste sich hier sehen lassen – und ab und an riskierte man zwischen den Häppchen auch einen Blick aufs Geschehen, das sich unten auf dem Eis abspielte.

Dem über Jahrzehnte chronisch klammen Verein schien jedenfalls eine rosige Zukunft zu blühen – vorausgesetzt, er schaffte nun auch sportlich den Aufstieg.

Erste Geräusche drangen aus der Arena auf den Parkplatz. Hubertus' Stimmung stieg: Derbyfieber. Finalfieber.

»Heute müssen sie einfach gewinnen«, sagte er. »Der SERC gehört schließlich nach ganz oben!«

Außer Hummel und Riesle waren noch sechstausendzweihundertfünfzehn andere Eishockeyfans da – falls die offiziellen »Ausverkauft«-Angaben stimmten. Beinahe tausend davon waren aus dem hundertzwanzig Kilometer entfernten Ravensburg angereist und ebenso heiß auf den Aufstieg wie die Schwenninger. Optisch unterschieden sich die Fans der beiden Teams kaum – die Vereinsfarben Blau-Weiß dominierten hier wie da. Hubertus brachte sich auf der Gegengerade in Stimmung, indem er finster den Fanblock des Gegners musterte. Er erinnerte sich an die Trainerworte von der kontrollierten Aggressivität.

»Warum wollt ihr denn aufsteigen?«, rief er in Richtung Ravensburger – freilich ohne dass ihn irgendjemand außer Klaus hören konnte. »Da stimmt doch die Infrastruktur nicht. Unser Stadion ist doppelt so groß wie eures – von unserer Tradition mal ganz zu schweigen.«

Klaus grinste. Hubertus zuliebe hatte er wieder einmal auf einen Platz auf der Pressetribüne verzichtet. Mitten unter den Fans machte das Ganze noch mehr Spaß. Hier, wo man andauernd Leuten ausweichen musste, die sich mit ihren Bier- oder Glühweinvorräten in Styroporbechern an einem vorbeiquetschten, wo einen nach einem Tor wildfremde Menschen umarmten – hier war das Sportereignis noch viel unmittelbarer.

»So kenne ich dich ja gar nicht«, brüllte Riesle seinem Freund ins Ohr. »Seit wann spielt denn die Größe des Stadions für dich eine Rolle?«

»Geld regiert halt eben auch die Eishockeywelt«, meinte Hubertus. »Aber es stimmt: Wenn jetzt schon Hamburg nur wegen des Geldes und einer großen Arena in der obersten Liga mitspielen darf, ist das der Anfang vom ...«

Die letzten Worte gingen im Gejohle unter, als die Mannschaften kamen. Ein Konfettiregen ergoss sich über Hubertus und Klaus, Wunderkerzen wurden angezündet. Jeder der Schwenninger Spieler wurde einzeln auf dem Eis begrüßt. Der heisere Stadionsprecher brüllte theatralisch die Vornamen wie: »Kiiirk«, und die Fans konterten mit dem Nachnamen: »Willyyy!«

2. SCHUSS UND TOR

Das Spiel hielt, was es versprochen hatte. Die Schwenninger richteten sich allerdings nur teilweise nach der Vorgabe ihres Trainers und spielten ein ums andere Mal unkontrolliert aggressiv. Die Folge: Sie heimsten etliche Strafzeiten ein, wobei Hubertus beim Überzahlspiel der Gäste der kalte Schweiß ausbrach. Die Spielanlagen der Kontrahenten ähnelten sich – insbesondere im Bemühen, möglichst keinen Gegentreffer zu kassieren. Und so ergaben sich nur wenige Torszenen.

Null zu null hieß es nach dem ersten Drittel, eins zu eins nach dem zweiten.

»Ich hoffe, es bleibt dabei. In der Overtime sind wir in

letzter Zeit fast unschlagbar«, meinte Klaus, als er mit zwei Bechern Glühwein vor der letzten Drittelpause vom Imbissstand zurückkam.

»Quatsch«, widersprach Hubertus und nahm sich eines der klebrig-heißen Getränke. »Wir kämpfen die nieder. Ich will einen Sieg innerhalb der regulären Spielzeit. Und wenn der Schiri den Ravensburgern auch mal ein paar Strafzeiten gibt, gelingt das auch.«

»Huby! Setz die Vereinsbrille ab und deine richtige wieder auf«, mahnte Klaus. Sein Freund winkte verächtlich ab, kramte dann aber doch seine Brille aus der Tasche und wischte sich ein paar Konfettiteile aus den spärlichen braunen Haaren. Die hohe Stirn glänzte unter der gleißenden Stadionbeleuchtung.

Das Spiel wogte weiter hin und her, große Torchancen gab es allerdings nicht mehr. Fünfzigste Minute, fünfundfünfzigste, achtundfünfzigste Minute, immer noch eins zu eins. Die Zuschauer standen wie ein Mann hinter ihrer Mannschaft. »Auf geht's, Schwaben, let's go!«, hallte es durchs Stadion, obwohl natürlich nur eine Handvoll der Spieler echte Eigengewächse waren – und obwohl eigentlich auch die Ravensburger Schwaben waren.

Auf den bulligen Center der ersten Sturmreihe der Ravensburger schossen sich die einheimischen Zuschauer allmählich ein. Ein Ellbogencheck war bereits nicht geahndet worden, nun benutzte er gar den Stock gegen die schmächtige Schwenninger Nachwuchshoffnung. Hubertus war einem Tobsuchtsanfall nahe.

»Aaargh!«, brüllte Hummel so laut, dass sich ein paar Leute in seinem Block umdrehten. Seine Stimme wurde langsam so rau wie das Schmirgelpapier des Schulhausmeisters.

Der Schiedsrichter hatte das Foul gesehen und schickte den gegnerischen Stürmer auf die Strafbank, während der Stadionsprecher den dazu passenden Klassiker »Komm doch mal rüber« von Ingrid Peters aus den Siebzigern über die Lautsprecher dröhnen ließ.

Eine Minute und zweiundvierzig Sekunden vor Schluss: Überzahl für die Schwenninger, fünf gegen vier Spieler auf dem Eis.

Hubertus biss vor Aufregung in seinen Schal. Klaus machte auf Pessimist. »Bei unserem Überzahlspiel müssen wir froh sein, wenn wir nicht noch einen kassieren.«

Tatsächlich tat sich zunächst nichts, und die »Wild Wings« kamen nicht mal richtig ins gegnerische Drittel. Dann jedoch, die klobige Stadionuhr in der Mitte der Halle zeigte noch achtzehn Sekunden Restspielzeit an, formierten sich die Schwenninger endlich zum Power-Play. Die Verteidiger schoben sich den Puck zweimal zu, zogen dann ab, der Puck wurde in dem Gerangel vor dem Kasten abgefälscht, offenbar vom neuen SERC-Kanadier Kirk Willy. Die Hartgummischeibe ging an den Pfosten und – ins Tor!

Die Helios-Arena wurde binnen Sekunden zum Tollhaus. Hubertus warf seinen Glühweinbecher in die Luft, scherte sich nicht darum, dass dieser noch halb gefüllt war, und umarmte Klaus. Seine Brille fiel zu Boden. Von hinten drängten weitere freudetrunkene Fans in einem Jubelknäuel nach vorne.

Zwei zu eins, elf Sekunden vor Schluss. Kaum zu fassen. Auch die Schwenninger Spieler auf der Bank stürzten aufs Eis, sogar der Ersatztorwart kam mit. Sie begruben den Torschützen unter sich, während der Stadionsprecher den Radetzkymarsch als Torjubel eingelegt hatte.

Hubertus war außer sich. »Ich hab's gewusst. Das habe ich gewusst! Ja, jaaa, jippie!«

Was für ein Tag! Vergessen war der Ärger vom Morgen. Herrlich. Nur noch ein weiterer Sieg bis zum Aufstieg in die Deutsche Eishockey Liga.

Sogar seine Brille fand Hubertus Hummel nach kurzer

Zeit wieder. Ein Glas war zerkratzt, aber was war das schon gegen diesen Sieg?

Er setzte die Brille wieder auf. Sein Blick richtete sich auf die Spielerbank mit dem immer noch jubelnden Trainer, streifte die Sitzplatztribüne. Dort schienen die Sanitäter sich um jemanden zu bemühen.

Ein Herzinfarkt, durchfuhr es Hubertus. Kein Wunder bei diesem Spiel.

Der Jubel im Stadion schwoll nur ganz allmählich ab. Wie gebannt schaute Hubertus zur gegenüberliegenden Seite.

Klaus folgte seinem Blick. In ihm erwachte die journalistische Neugier.

»Ich gehe rüber«, meinte Klaus.

Hubertus zögerte, schloss sich dann aber an. Gemeinsam kämpften sie sich durch die feiernden Anhänger.

Mittlerweile lief das Spiel wieder, und die Fans in Blau-Weiß zählten die letzten Sekunden lautstark mit. »Sechs, fünf, vier, drei, zwei, eins! Jaaa!«

Die Schlusssirene ertönte.

Kurz darauf war Klaus am Eingang zur Haupttribüne angelangt. »Schwarzwälder Kurier«, sagte er und zeigte seinen Presseausweis. »Wir müssen da durch.«

Der Ordner machte keine Anstalten, ihn aufzuhalten. Er war viel zu begeistert vom Endergebnis des Spiels.

Klaus steuerte zielstrebig auf den Pulk von Rettungssanitätern zu. Hubertus folgte ihm mit dem gebotenen Abstand, er wollte nicht als Gaffer erscheinen.

Reporter dürfen eben keine Skrupel haben, dachte Hubertus, während sich Riesle über den blutüberströmten leblosen Körper beugte.

Die Unterhaltung zwischen dem Sanitäter, einem Polizisten und seinem Freund Klaus hörte Hubertus nur bruchstückhaft. Aber die Worte »Kopfschuss« und »sofort tot« ließen ihn mehrfach zusammenzucken.

Absurd, dachte er sich. Wer sollte denn einen Menschen in einem Eisstadion erschießen wollen?

Er näherte sich nun doch der Menschentraube, um von Klaus Genaueres zu erfahren. Doch noch bevor er seinen Freund erreichte, fiel sein Blick auf den am Boden liegenden Mann.

»O Gott«, entfuhr es Hubertus. »Kollege Mielke!«

3. EIN SIEG UND ACHT BIER

Zehn Minuten später stand Hubertus immer noch wie vom Donner gerührt da – um ihn herum eine größere Menschenmenge, der ebenfalls nicht mehr so recht zum Feiern zumute war.

Die Neuigkeit hatte sich bis in die Spielerkabine herumgesprochen, weshalb diejenigen Fans, die in Unkenntnis des Geschehenen immer noch »Ehrenrunde!« und »Wir woll'n die Mannschaft sehn, wir woll'n die Mannschaft sehn!« brüllten, vergebens warteten.

Klaus stieß Hubertus an. »Ich muss aktualisieren«, sagte er. »Für die VS-Ausgabe könnte es noch reichen.«

Hubertus geriet in Rage. »Verdammt, du bist im Urlaub! Hast du jetzt keine anderen Sorgen?«

Klaus schüttelte den Kopf. »Du glaubst doch wohl nicht, dass unsere Sportnasen das auf die Reihe kriegen. Die sind mit dem Spielbericht beschäftigt.«

Er zückte das Handy und rief den Spätdienst in der Zentrale an.

»Wenigstens für 'ne Aufmachermeldung sollen sie noch Platz freischaufeln.«

Hubertus entdeckte indessen wenige Meter entfernt auf einer der Tribünenbänke seinen Kollegen Ziegler, der Englisch und Geschichte unterrichtete. Er hatte eine Decke der Sanitäter um die Schultern und war leichenblass.

»Unglaublich«, sagte Ziegler mit matter Stimme, als Hubertus zu ihm trat. »Er saß direkt neben mir. Zum ersten Mal bin ich diese Saison im Eisstadion, und dann wird neben mir mein Kollege erschossen.«

Mielke, dachte sich Hubertus, wer erschießt denn ausgerechnet Mielke? Und warum vor über sechstausend Zeugen?

Dann spürte er das schlechte Gewissen in sich aufsteigen.

»Haben Sie ihn im Auto mitgenommen?«, erkundigte er sich bei seinem Kollegen.

Ziegler nickte. »Ja. Er wohnt doch nur ein paar Straßen von mir entfernt.« Er hielt inne und blickte Hummel verzweifelt an. »Wohnte, meine ich.«

Hubertus schaute an sich herunter. Sein Mantel wies Glühweinflecken auf, ebenso sein Schal. Er betrachtete den Aufnäher, den er vor einigen Jahren gekauft und den Elke dort angebracht hatte. »Eishockeyfans sind faire Fans«, war darauf zu lesen.

Einer wohl nicht …

Etwa anderthalb Stunden später, kurz vor Mitternacht, liefen Hubertus und Klaus in ihrer Stammkneipe ein, dem Bistro im Zentrum der alten Zähringerstadt Villingen. Als Hubertus die schwere Holztür öffnete, kam ihm ein feuchter und rauchiger Luftschwall entgegen. Freitagabends war das Bistro immer brechend voll. Und als Luftabzug diente allenfalls das gelegentliche Öffnen der Tür.

»Mal wieder richtig gute Luft«, meinte Hubertus, hockte sich an den letzten freien Tisch und erschnorrte sich bei Bekannten eine blaue Gauloise. Eigentlich rauchte er nicht, aber in seiner Stammkneipe war das etwas anderes – zumal nach den Ereignissen des Abends.

Sein Blick wanderte zu Gisela, der unverwüstlichen Bedienung, die schon seit der Gründung der Kneipe hinterm Tresen stand. Dem entsprach auch die Sechzigerjahre-Einrichtung des Lokals: Raufaserwände, wacklige, tiefe Hocker mit olivgrünem, teilweise fleckigem Lederpolsterbezug und schäbige Granittische. An einem der Stehtische prangte ein kleines Schild. »Nicht auf den Boden spucken!« war darauf zu lesen.

Gisela hob nur den Kopf leicht an und nickte ihnen kaum merklich zu. Zwei Minuten später standen zwei frisch gezapfte Bier vor Klaus und Hubertus.

Kaum hatten sie den ersten Schluck getrunken, da schallte ein »Hallihallo« aus dem Hintergrund. Edelbert Burgbachers Auftritt. Ende vierzig, barocke Figur, kahl rasiertes Haupt, langer Armani-Mantel und obligatorischer Künstlerschal. Edelbert war nicht irgendein Gast im Bistro. Er war der Paradiesvogel in der hiesigen Kneipenszene und Kulturlandschaft. Mit seinen Inszenierungen im kleinen Theater an der Stadtmauer verzückte er immer wieder die kulturinteressierte Gemeinde. Und abends nach Proben- oder Vorstellungsschluss unterhielt der Impresario die Nachtschwärmer mit monologischen Wortschwällen, vorzugsweise im Bistro.

»Mord im Eisstadion«, begrüßte Klaus den Neuankömmling, der bereits von Gisela ein Viertel Trollinger vor die Nase gestellt bekommen hatte.

»Ist das ein Stück für die nächste Spielzeit in unserem Zähringer-Theater?«, fragte Edelbert und schlürfte genüsslich an seinem Glas.

»Nein, das ist die Umschreibung für das, was heute Abend bei den ›Wild Wings‹ passiert ist«, erläuterte Hubertus.

»Beim SERC«, murmelte Klaus.

»Ihr wollt mich wohl verarschen«, herrschte Burgbacher die beiden an und zog eine Schachtel Reval ohne Filter hervor. »Gisela, ich hab einen Mordshunger. Ein Hackfleischbrötchen, wenn ich bitten darf!« Edelberts tiefer und rauchiger Bass ließ alle aufhorchen, nicht nur auf der Bühne.

Klaus und Hubertus erzählten ihrem Freund, was vorgefallen war.

»Mord im Eisstadion? Das ist ja noch schlechter als die Boulevardkomödien, die sie im Stadttheater geben«, kommentierte Edelbert verächtlich.

Hummel schüttelte den Kopf. Als Künstler hatte Edelbert zu allem seine ganz spezielle Meinung.

»Schade um diesen Mielke«, schob Burgbacher gleich nach und nickte wissend. »Na ja, er war vielleicht etwas einfältig, aber ein wunderschöner Mann. Einfach traumhaft«, säuselte er und biss so kräftig in sein Brötchen, dass an der Seite Ketchup herausquoll.

Dann leckte er sich die Finger ab und seufzte kauend: »Ein wirklicher Recke. Lecker!« Tischmanieren gehörten nicht unbedingt zu seinen Stärken.

Ohnehin gab er nur wenig darauf, was andere über ihn dachten. Edelbert war bekannt dafür, kein Blatt vor den Mund zu nehmen. Das galt auch für seine sexuelle Orientierung, mit der er nach Kräften kokettierte.

»Du kanntest Mielke?«, fragte Riesle interessiert.

»In dem Kaff kennt doch jeder jeden«, bestätigte Burgbacher.

»Genauer?«, pirschte sich Riesle vor.

»Nicht so genau, wie ich es gerne gehabt hätte«, antwortete der Impresario dröhnend und nicht unbedingt pietätvoll. »Hätte ihn sicher nicht von der Bettkante geschubst. Er tauchte dort aber leider nie auf ...«

»Weißt du sonst was über ihn?«, mischte sich Hummel ein, der sich leichte Vorwürfe machte. Da hatte er den Kollegen quasi Tag für Tag gesehen, sich aber nie näher für ihn interessiert. Und das Einzige, was er von ihm gewusst hatte, war, dass Mielke in vielen Vereinen aktiv gewesen war. Und dass er dem Vernehmen nach Frauen gegenüber, nun ja …

»Der ist jeder hinterhergestiegen, die nicht bei drei auf den Bäumen war«, dröhnte Burgbacher, der die Dinge im Gegensatz zu Hummel mit größter Deutlichkeit aussprach.

»Eine prima Motivlage für einen Mord …«, murmelte Klaus.

»Aber nicht nur das«, triumphierte Burgbacher. »Frank!«, brüllte er quer durchs Lokal. »Komm mal her!«

Frank war einer der Schauspieler am Theater – ein schlanker Kerl mit großen, hervorstechenden Augen, der sich zunächst noch etwas zierte.

»Ich will hier keineswegs die Rolle der Tratschtante besetzen«, meinte er. »Aber mein Nachbar, der Gerhard, verkehrt doch in denselben dubiosen Kreisen …«

»Dubiose Kreise?«, hakte Klaus nach.

Burgbacher rieb Daumen und Zeigefinger aneinander. »Der war Spieler«, mampfte er. »Konstanz.«

Frank nickte.

Hubertus staunte, obwohl er nur mit einem Ohr zuhören konnte. Er saß mit dem Rücken zum Nebentisch, wo sich ebenfalls Eishockeyfans über den Sieg gegen Ravensburg sowie den Mord das Maul zerrissen.

Die Nachricht hatte offenbar schnell die Runde gemacht.

»Der Mielke«, meinte einer der Trinker, »guter Mann, seit über zehn Jahren in unserem Fasnetsverein.«

»Guter Mann?«, widersprach sein Tischnachbar. »Das Schwein hat beim letzten Hexenball in der Tonhalle mit meiner Frau rumgemacht.«

»Nicht nur mit deiner«, schaltete sich ein weiterer Gast ein. Mielke schien tatsächlich ein spannenderes Privatleben gehabt zu haben, als die gutbürgerliche Hülle es hätte vermuten lassen.

Hubertus wandte sich wieder Burgbacher und Klaus zu, denn er hatte einen Entschluss gefasst.

»Wir Lehrer sind doch immer die Idioten«, begann er seine Rede. In puncto Monologen konnte er es durchaus mit Burgbacher aufnehmen. »Die Eltern versagen, die Gesellschaft versagt, aber wir sollen's richten. Klar: Am schlechten Abschneiden in der PISA-Studie haben wir Lehrer ja auch Schuld. Im schlimmsten Fall haben's dann noch Amok laufende Schüler auf uns abgesehen. Und jetzt wird unsereins schon im Eisstadion umgebracht.«

Er hielt kurz inne und spürte eine Verantwortung in sich wachsen wie einst der Lokalheld Romäus, der der Sage zufolge vor fünfhundert Jahren das Rottweiler Stadttor stibitzt und die fünfundzwanzig Kilometer nach Villingen getragen hatte.

»Ich werde diesen Fall lösen«, verkündete Hubertus derweil nicht mehr ganz nüchtern, dafür aber mit umso mehr Pathos. Und wandte sich an seinen Tischnachbarn: »Klaus, wir wollten doch schon lange mal unser Glück im Casino versuchen. Lass uns morgen nach Konstanz fahren.«

Riesle musste er nicht lange bitten. Der witterte schon eine heiße Story.

»Passt bloß auf euch auf, Jungs«, mahnte Gisela, die gerade mit dem Tablett vorbeikam.

In das Schweigen piepste eine helle Stimme von zwei Tischen weiter: »Hey, Papa, was machst du denn mit deiner Altherrenriege hier?«

Martina, die Tochter von Hubertus und Elke, prostete ihrem Vater mit einem Glas Weißweinschorle zu.

Auch das noch!

Hubertus grinste etwas gequält und wandte dann den Blick wieder in Richtung seiner Trinkkumpane.

»Nicht mal in seiner Stammkneipe bleibt man unbehelligt«, fauchte er, während er bei Gisela per Blick eine Runde bestellte. Dass Martina offenbar einige der von ihm gestifteten Euro in seinem Stammlokal umsetzte, ging ihm gewaltig gegen den Strich.

»Der Trinkerapfel fällt nicht weit vom Stamm«, zog Edelbert Hubertus auf.

»Ganz ruhig, Alter«, beruhigte ihn Klaus. »Du warst doch auch mal jung, oder?«

»Ich bin aber nicht ins selbe Lokal wie mein Vater gegangen«, grollte Hubertus.

Im Bistro hatte er sein erstes Bier getrunken. Hier fühlte er sich an seine Jugendzeit erinnert, an die wilden Siebziger, als man Schlaghosen trug und der Gang zum Friseur verpönt war. Und hier hatte er Elke zum ersten Mal geküsst. Wie ein Jungbrunnen wirkten die Kneipenbesuche mit alten Freunden auf ihn.

Und jetzt tauchte hier Martina mit ihren Bubis auf …

Noch zwei-, dreimal musste Gisela nachschenken, ehe Edelbert den traditionellen Schlummertrunk ausgab.

Dann schlichen sich Klaus und Hubertus durch die klirrend kalte Altstadt nach Hause. Das Auto hatten sie vernünftigerweise am Rathausplatz stehen lassen. Edelbert blieb noch für einen weiteren Absacker. Er musste immer der Letzte sein.

Hubertus hatte kräftig geladen, aber die eisige Schwarzwaldluft ging durch Mark und Bein und machte selbst einem Betrunkenen zu schaffen.

»Was für ein kaltes Nest«, schimpfte Klaus.

»Frier dir auf dem Nachhauseweg nichts ab«, rief Hubertus seinem Kumpel nach. »Ich brauch dich morgen noch. Wir räumen nämlich die Spielbank aus.«

»Und übermorgen geht's zum Rückspiel nach Ravensburg«, konterte Klaus. »Die werden die Partie ja wohl kaum wegen Mielke absagen…«

4. DER SEITENSPRUNG

Claudia Mielke war es leid. Es schien ihr gerade so, als wäre sie mit einem Phantom verheiratet. Nein, Gewissensbisse würde sie sich keine mehr machen. Und die Nachbarn in Pfaffenweiler, dem kleinen Vorort westlich von Villingen, sollten ruhig tratschen. Ohnehin zerrissen sich einige über das Ehepaar Mielke schon länger das Maul. Ihr Mann Herbert galt allenthalben als Hallodri.

Nein, sie würde heute Abend keine Skrupel haben, einen anderen Mann zu empfangen und ihn nach allen Regeln der Kunst zu verführen. Sie hatte ihn vor zwei Wochen in einem der vielen Lokale in Villingens Kneipenmeile kennengelernt und heftig mit ihm geflirtet.

»Kochst du so tolle Sachen wirklich nur für die Landfrauen?«, hatte Herbert noch in einer Mischung aus Ironie und Gleichgültigkeit gefragt, ehe er sich aus dem Haus machte.

»Natürlich!«, hatte sie ihm forsch nachgerufen. »Und danach fahren wir nach Villingen auf Kneipentour.«

Um die Glaubwürdigkeit ihrer Äußerung zu unterstreichen, hatte sie auch den Mielke'schen Familienwagen reserviert, obgleich sie ihn heute gar nicht brauchte.

Eigentlich wunderte sie sich, dass sie sich noch so viel Mühe machte, den Betrug vor ihrem Ehemann zu vertuschen. Herbert und sie hatten schon seit Monaten nicht mehr miteinander geschlafen. Schlimmer noch: Sie sprachen kaum noch ein Wort miteinander. Sicher hatte sie ihren Teil dazu beigetragen, aber vor allem Herbert war es gewesen, der sich zusehends zurückgezogen hatte und nur noch auf Achse war. Und dies sicher nicht nur der vielen Vereine wegen. Oft roch er nach den unterschiedlichsten Frauenparfüms, wenn er nach Hause kam. Sie hatte schon mehrfach erwogen, ihm getrennte Schlafzimmer vorzuschlagen, denn es ekelte sie an, dass er nach anderen Frauen roch, wenn er spät nachts unter die eheliche Bettdecke kroch. Und jedes Mal, wenn sie ihn zur Rede stellte, stritt er alles kategorisch ab. Dabei wusste das halbe Dorf, dass er ein Herumtreiber war.

An Verehrern hatte es der brünetten, sportlichen Claudia mit ihrer offenen und freundlichen Art nicht gemangelt. Ihre Freundin Ingrid hatte sie immer wieder ermuntert anzubandeln. Doch fünfzehn Jahre ihrer Ehe war sie standhaft geblieben – bis auf das eine Mal vor ein paar Monaten, als sie mit einem Kollegen ihres Mannes intim geworden war. Es hatte ihr nichts bedeutet, sie hatte ihn nicht mal attraktiv gefunden. Eher war es ein Ausdruck ihrer Verzweiflung gewesen.

Ihre Kinder mochten ein Grund dafür gewesen sein, warum sie Herbert so lange treu geblieben war und ihre Ehe noch hatte retten wollen. Doch im Laufe der letzten Monate war alles immer unerträglicher geworden.

Gleichgültigkeit hatte sich zwischen ihnen eingestellt.

Heute Abend aber hatte sie dem zehnjährigen Kai und der drei Jahre älteren Nicole erlaubt, bei Freunden zu übernachten. Ohnehin wurden beide zusehends selbstständiger. Eines Tages würde sie ganz alleine dastehen, ohne das Leben richtig ausgekostet zu haben.

Nein, damit sollte jetzt Schluss sein.

Die heutige Nacht sollte eine Liebesnacht werden. Zeit genug hatte sie dazu, denn Herbert würde sich nach dem Eishockey ohnehin wieder der Nachtschwärmerei hingeben. Vielleicht ging er sogar wieder in ein Bordell. Ingrid hatte derartigen Tratsch mal an sie weitergegeben.

Es klingelte. Endlich. Ihre große, durchtrainierte, trotz des kühlen Klimas braun gebrannte Bekanntschaft stand mit einem riesengroßen Strauß roter Rosen vor der Tür. Wie sollte sie das morgen bloß Herbert erklären? Sie schob den Gedanken beiseite, ehe sie ihn so richtig begonnen hatte.

Wahrscheinlich würde ihm das gar nicht auffallen. Und Herbert hatte sich ja auch kein schlechtes Gewissen dabei gemacht, sie jahrelang zu vernachlässigen und zu hintergehen.

Sie zog den sportlichen Verehrer schnell ins Haus. Die Nachbarn sollten ja nicht unbedingt mehr als notwendig zu Tratsch verleitet werden. Obgleich es ihrem Ego schmeicheln würde, wenn sie im Dorfklatsch nicht immer nur die Hintergangene, sondern auch einmal die Handelnde wäre, dachte sich Claudia.

»Wie lecker es hier duftet, und wie verlockend du aussiehst«, hauchte ihr der Gast ins Ohr, als er sie zärtlich auf die Wange küsste und ihre Hüften umfasste. Ausgezeichnet! Auch er schien zweifelsohne bereit, aufs Ganze zu gehen.

»Entenbrust in Rotweinsoße. Als Vorspeise italienische Bruschetta mit Tomaten und frischem Basilikum und als Nachspeise selbst gemachtes Tiramisù«, säuselte Claudia und strich ihm zärtlich über die rechte Wange, bevor sie mit einem verführerischen Lächeln auftrug.

Das Essen war ein voller Erfolg, und der Corvo, ein lebhafter sizilianischer Rotwein, bei dem man die Kraft der Sonne herausschmeckte, half dabei, die letzten Hemmungen zu überwinden. Spätestens beim Tiramisu gab es kein Halten mehr. Claudia hatte dem Gast einen Löffel des leckeren Desserts vor den Mund gestreckt. Der hatte den Löffel abgeleckt, dabei aber nicht halt vor ihrer Hand gemacht.

Der Nachtisch musste warten, denn beide konnten sich nun nicht mehr beherrschen. Ehe sie sichs versah, lagen sie splitternackt auf dem Dielenboden.

Eine Sekunde lang wunderte sich Claudia, dass sie wirklich keine Gewissensbisse hatte. Dann konzentrierte sie sich nur noch auf die Eroberung.

Endlich fühlte sich Claudia wieder begehrt. Er schien überhaupt nicht genug von ihr zu bekommen. Der sportliche

Eindruck hatte sie nicht getäuscht. Gerade begannen sie wieder, sich einander innig zu widmen, als es an der Tür klingelte.

Claudia schreckte auf, ließ von ihrer Affäre ab und starrte auf die Wanduhr. »Erst kurz nach elf. Mein Mann wird doch nicht zum ersten Mal seit Jahren so früh nach Hause kommen! Und warum klingelt er? Du musst verschwinden«, keuchte sie.

Eilig suchten sie ihre Kleidung im Esszimmer zusammen. In der Zwischenzeit klingelte es noch zweimal heftiger an der Haustür. Notdürftig bekleidet wurde der Liebhaber über die Veranda verabschiedet.

Dabei hätte der Abend ein würdigeres Ende verdient. Sie waren ja nicht einmal dazu gekommen, die nächste Verabredung auszumachen.

Claudia strich sich die Haare zurecht und ging zur Haustür. Dabei bemühte sie sich, nicht allzu gehetzt zu wirken. Sie öffnete.

Vor ihr stand ein hagerer Mann mit Nickelbrille und Mittelscheitel, neben ihm ein weiterer Mann, der etwas Ähnliches wie einen Lodenmantel trug, aber auf schwarzwälderisch getrimmt. Dazu einen grauen Filzhut, Kniebundhosen und Wanderstiefel.

»Sind Sie Frau Mielke?«, fragte der Mann mit Brille und Mittelscheitel.

»Ja, das bin ich. Was gibt es denn?«

»Kriminalpolizei. Entschuldigen Sie, dass wir Sturm geklingelt haben. Wir dachten schon, es sei niemand zu Hause, aber da Licht brannte, zogen wir doch den Schluss, dass jemand da sein müsse«, erklärte er umständlich und schaute verlegen den Beamten neben sich an.

Hätte der Hagere nicht genau wie ein Fernsehkommissar ausgesehen – Claudia Mielke hätte vermutlich an einen verspäteten Fasnachtsscherz geglaubt.

»Ja und? Was gibt es denn?« Sie wurde ungeduldig. Hatte sie etwa ihr lustvolles Liebesspiel nur unterbrochen, weil die doppelstädtische Polizei wieder einmal auf Einbrecherjagd in den Vororten war? Gerade in den Wintermonaten hatten die Einbrüche in der Umgebung zugenommen, wie Claudia am Morgen im Schwarzwälder Kurier gelesen hatte.

»Frau Mielke, Sie müssen jetzt sehr stark sein«, setzte der Brillenträger erneut an und kniff die Lippen zusammen. »Ihr Mann ist tot.«

»Was sagen Sie da?«

»Ihr Ma' isch dod«, ergänzte der in der Kniebundhose, der in Kleidung und Sprache offenbar das Schwarzwälder Lokalkolorit der Kripo verkörperte. »'S duet uns echt leid.«

Auch wenn Claudia Mielke keinen Dialekt sprach, hämmerte die Dialektversion der Worte die Wahrheit endgültig in ihren Kopf.

Tot.

Herbert.

Tatsächlich.

Vermutlich gestorben, während sie mit einem anderen leidenschaftlichen Sex gehabt hatte ...

Sie brach in hysterisches Lachen aus, das bald in einen heftigen Weinkrampf überging.

Der Kniebundhosenmann nahm sie tröstend in den Arm. »Ganz ruhig. Des wird scho wieder.«

Das bezweifelte mit gewissem Recht ganz offensichtlich Kollege Müller, der Winterhalter nun einen missbilligenden Blick zuwarf.

Nach einigen Minuten hatte sich Claudia Mielke wieder etwas beruhigt.

»Wie ist es geschehen?«, fragte sie, jetzt wieder schluchzend.

»Er wurde im Eisstadion während des Ravensburg-Spiels erschossen«, entgegnete der Mann mit der Nickelbrille, der immer noch etwas fahrig wirkte.

Ungeschickt, aber doch irgendwie beruhigend tätschelte derweil der Schwarzwälder ihre Schulter.

»Was sagen Sie da? Erschossen?«, fragte Claudia Mielke fassungslos nach.

»Entschuldigen Sie, dass wir uns noch gar nicht vorgestellt haben«, meinte Müller unbeeindruckt. »Kriminalhauptkommissar Stefan Müller, Kripo Villingen-Schwenningen. Und das ist mein Kollege Winterhalter ...«

Der so ungewöhnlich gekleidete Winterhalter hatte vor Jahren den etwa fünfundzwanzig Kilometer entfernten elterlichen Bauernhof in Linach übernommen, betätigte sich seitdem als Nebenerwerbslandwirt und war in seiner knapp bemessenen Freizeit gerne in den umliegenden Wäldern unterwegs.

Eigentlich kamen die beiden Kriminalbeamten gut miteinander aus. Beide waren Schwarzwälder. Da Müller allerdings im Dienst keinen Dialekt sprach, Winterhalter dafür aber umso mehr, empfand Müller den Kollegen als bunten Vogel im oft allzu grauen Polizeialltag.

Und das Selbstgeschlachtete, das Winterhalter des Öfteren unter der Hand in der Polizeidirektion den Kollegen verkaufte, schmeckte wirklich fein. Ob es allerdings angebracht war, in Kniebundhosen bei der Frau eines Mordopfers aufzukreuzen, war sich Müller keineswegs sicher.

Immerhin war Winterhalter als Begleitung noch stilvoller als der Kollege Ketterer. Mit dem war Müller vergangenes Jahr zur Frau eines Opfers gefahren, woraufhin sich folgender Dialog abgespielt hatte:

Ketterer: »Grüß Gott, sind Sie d' Witwe Steinhuber?«

Die Frau, pikiert: »Steinhuber schon, aber doch nicht Witwe!«

Ketterer: »Solle mer wette?«

Winterhalter trat zwar weniger rustikal auf, aber dennoch, so nahm sich Müller vor, würde er selbst die Ermittlungsleitung an sich ziehen.

Er wandte sich wieder an Claudia Mielke: »Dürfen wir kurz hereinkommen und Ihnen ein paar Fragen stellen? Hier draußen ist es doch grimmig kalt.«

Müller rieb sich die Hände, die von der eisigen Luft ganz rot geworden waren.

Claudia Mielke bat die beiden herein und lotste sie in die Küche, indem sie ihnen einen heißen Tee anbot.

»Jo, warum nit?«, nahm Winterhalter das Angebot an. »Gern mit em kleine Schuss.«

»Tee bei dieser Kälte gerne, aber für mich bitte ohne Alkohol. Nicht im Dienst«, ergänzte Müller und musterte den Eingangsbereich mit Stielaugen, als ginge es darum, Hinweise auf den Mord zu finden.

Während Claudia Mielke mit zitternden Händen das heiße Getränk aufbrühte, ging Müller in der Küche umher und berichtete von der Ermordung ihres Ehemannes im Eisstadion.

Für die Details war Winterhalter zuständig. »Volltreffer – en Kopfschuss war's.«

Vielleicht war er doch nicht so viel sensibler als dieser Kollege Ketterer …

Müller schüttelte indigniert den Kopf und streckte ihn dann in die Durchreiche, die einen Blick in das Esszimmer gewährte.

»Hatten Sie Besuch heute Abend?«, unterbrach er, ehe der Kollege in seinen Schilderungen der Leiche noch präziser wurde. »Der Tisch ist so reich gedeckt.«

Claudia Mielke wurde verlegen. Was sollte sie der Polizei erzählen? Dass sie ein Schäferstündchen abgehalten hatte, während ihr Mann ins Jenseits befördert worden war?

Ihre Hände zitterten noch mehr.

»Ich hatte ein paar Freundinnen zum Essen da.«

Nun hatte sie ihre Fassung wiedergefunden.

»Wer könnte Ihren Mann umgebracht haben? Haben Sie irgendeine Vorstellung?«, bohrte Müller weiter.

Winterhalter legte derweil seinen Hut auf den Küchentisch. An seinen Kniebundhosen hatten sich in der Kälte Eisränder gebildet, die sich nun verflüssigten und den Terrakottaboden volltropften.

»Hat er Feinde g'habt? Isch er uf de Abschussliste vu irgendjemand g'schtande?«

»Ihr Mann war doch Lehrer«, ergänzte Müller und nestelte an seiner Brille herum. »Gab es schwerwiegende Probleme mit bestimmten Schülern?«

»Ha, des wär's jo no«, entfuhr es Winterhalter. »Obwohl: Wundere dät mich sell au net. Es laufe jo mittlerweile scho die Zehnjährige mit em G'wehr umenand.«

»Ich will ehrlich zu Ihnen sein«, setzte Claudia nun an. »Mein Mann und ich, wir hatten uns vollständig auseinandergelebt. Er war meist unterwegs auf Vereinssitzungen oder … nächtlichen Vergnügungstouren. Wir waren uns fremd geworden. Deshalb kann ich Ihnen leider nicht weiterhelfen.«

Sie zögerte und schob dann noch nach: »Das Privatleben meines Mannes hat sich mir nicht mehr erschlossen.«

»Also war d' Ehe so guet wie kaputt?«, folgerte Winterhalter und wäre fast in der von ihm verursachten Wasserpfütze ausgerutscht.

Ein zaghaftes Nicken war die Antwort.

»Dürfen wir uns ein wenig bei Ihnen umschauen?«, fragte Müller und sah Claudia dabei durch die Gläser seiner Nickelbrille an, als wolle er sie durchleuchten.

Wieder ein zaghaftes Nicken. »Vielleicht finden Sie ja einen sachdienlichen Hinweis.« So ähnlich hatte es doch bei

»Aktenzeichen XY« immer geheißen. »Stört es Sie, wenn ich derweil etwas Ordnung schaffe?«

Es störte die Beamten nicht. Doch bevor Claudia Mielke den Tisch abräumen konnte, hatten Müller und sein Begleiter schon einen Blick auf die Tafel geworfen.

»Moment emol«, begann Winterhalter, doch Hauptkommissar Müller kam ihm zuvor.

»Nanu, das sind ja nur zwei Gedecke. Sie hatten doch von mehreren Freundinnen gesprochen, nicht wahr?« Müller schob die Brille mit dem Zeigefinger an die Nase heran und runzelte die Stirn.

Claudia wurde noch verlegener. »Ich … äh … ich hatte mich falsch ausgedrückt. Es ist nur eine Freundin da gewesen.«

»I weiß jo nit, wie's bei Ihne so zugoht«, meinte Winterhalter. »Aber die Freundinne vu minere Frau bringet ihr nu sehr selte en Strauß rote Rose mit …« Er deutete in Richtung der Blumen auf der Kommode.

»Die … habe ich von meinem Mann bekommen«, kam es Claudia Mielke über die Lippen.

»Von einem Ehemann, mit dem Sie überhaupt nichts mehr gemein hatten? Merkwürdig«, konterte Müller.

Die beiden waren heute ein gutes Team. Nicht guter Bulle, böser Bulle, sondern hochdeutscher Bulle, Dialektbulle.

Claudia Mielke ärgerte sich über sich selbst. Sie hatte sich, ehe sie sichs versah, völlig in Widersprüche verstrickt. Sie wusste sich nun nicht mehr zu helfen und brach erneut in Tränen aus, woraufhin Winterhalter wieder seine nach einer Mischung von Stall und Schwarzwaldluft riechende Schulter tröstend zur Verfügung stellte.

»Jetzt gebet mer dere Frau halt emol e Nacht Pause«, schlug er schließlich vor. Nicht ganz uneigennützig, denn angesichts des um fünf Uhr morgens klingelnden Weckers war er nicht unbedingt versessen darauf, das Verhör bis in die Nacht fortzusetzen. Winterhalter war ein Morgenmensch – wie alle Landwirte. Und bevor er seine Arbeit in der Polizeidirektion aufnahm, mussten die Viecher auf dem Hof versorgt werden.

»Also gut«, gab Müller nach. Er ließ den Blick nochmals durchs Esszimmer schweifen. »Sie haben recht. Es ist wohl besser, wir lassen Frau Mielke jetzt alleine.«

Viele Morde ereigneten sich im Schwarzwald-Baar-Kreis nicht – und an einen mit über sechstausend potenziellen Augenzeugen konnte er sich schon gar nicht erinnern. Die wichtigsten Zeugen hatten allerdings versagt: Weder die Fernsehkameras noch die Videogeräte der Polizei, die primär die Fanblöcke beobachteten, hatten den entscheidenden Moment aufgezeichnet. Vielleicht tat sich ja noch etwas, falls ein Zuschauer wider Erwarten mit seiner Handycam Verdächtiges gefilmt hatte.

Müller kniff noch einmal die Augen zusammen und ging dann Winterhalter hinterher, der seine Kniebundhose schon wieder in der kalten Nacht lüftete.

Auf der Türschwelle gab er Claudia Mielke seine Karte: »Schauen Sie doch morgen früh um elf mal bei uns auf der Polizeidirektion vorbei. Wir arbeiten auch am Wochenende. Und ich hätte da noch so einige Fragen zum Umfeld Ihres Mannes.« Dann stapften die Beamten mit knirschenden Schritten auf dem schneebedeckten Weg davon.

5. MARKTZEIT

Beim Frühstück war Hubertus sehr schweigsam. Kein Wunder: Ihm schlugen der Mord, die acht Bier und heute Morgen auch Martinas Anwesenheit auf den Magen. Die saß ihm gegenüber, war erstaunlich wach und studierte mit ihren grünen Augen den Schwarzwälder Kurier.

»Schau mal, die Meldung hier oben«, rief sie durchaus vergnügt und bohrte mit einem Finger in ihrer Stupsnase, die mit Sommersprossen übersät war. »*Lehrer im Eisstadion erschossen.* Größere Buchstaben hatten sie wohl nicht?«

Hubertus kaute schweigend weiter.

»Sag mal«, meinte er dann. »Hast du eigentlich gar keine Manieren mehr? Seit wann bohrt man am Frühstückstisch in der Nase?« Dann ging er zu einem anderen Thema über: »Könnt ihr euch eigentlich nicht eine eigene Stammkneipe suchen?«

Seine Tochter schien ihn geflissentlich zu überhören.

»Ich bin dann mal weg«, sagte sie gut gelaunt.

Hubertus hörte die Haustür zuschlagen. Er seufzte. Kinder zu erziehen war alles andere als einfach. Gerade, wenn die Ehefrau einen schmählich im Stich ließ und stattdessen wieder mal auf der Suche nach sich selbst war. Und insbesondere, wenn ein unsäglicher Anwalt ihr bei dieser Suche half …

Die Villinger Innenstadt zierten drei prächtige Tore, ein weiteres war der Stadtentwicklung zum Opfer gefallen. Die vier kreuzförmig angeordneten Hauptstraßen kündeten von der Jahrhunderte währenden Dominanz des Zähringergeschlechts.

Am Samstagmorgen herrschte in der Innenstadt stets dichtes Gedränge. Fast alle Einwohner schienen sich in die Fußgängerzone verirrt zu haben.

Kaufen, sehen und gesehen werden, lautete das Motto. Und das obligatorische Schwätzchen durfte dabei natürlich nicht fehlen.

Hubertus trat auf den Münsterplatz. Schon als kleiner Bub hatte er diesen Platz geliebt, war sofort hellwach gewesen, wenn seine Mutter ihn am Samstagmorgen ganz früh geweckt hatte, um mit ihm auf den Wochenmarkt zu gehen.

Er liebte die Farben und Gerüche, die Vielfalt an Obst, Gemüse und Blumen, den Duft von frisch geräuchertem Schwarzwälder Schinkenspeck und die freundlichen Marktfrauen, die ihm hier und da etwas zusteckten.

Auch das Münster mit seinen beiden Türmen, deren bunte Ziegel in der Morgensonne leuchteten, ließ immer wieder sein Herz aufgehen – er hing eben an seiner Heimatstadt.

Damals, als Elke nach dem Studium mit ihm in Freiburg bleiben wollte, hatte er sich durchgesetzt, hatte darauf bestanden, dass das Villinger Münster durch kein anderes zu ersetzen und der Villinger Wochenmarkt der schönste in ganz Baden sei.

Hubertus seufzte. Vielleicht wäre ja alles anders gelaufen, wenn er damals mehr auf sie eingegangen wäre …

Aber diesen Platz hätte er für nichts und niemanden eingetauscht, und Frauen wollten sowieso andauernd etwas anderes, da durfte man auch nicht immer nachgeben.

Im Laufe der Jahrzehnte hatte sich einiges verändert: Obst- und Gemüsestände waren zu »Bio«-Obst- und Gemüseständen geworden, Wurst gab es überwiegend von glücklichen Tieren, geschlachtet von glücklichen Metzgern, und der Käsehändler hatte einen Ring im Ohr und verkaufte Käse, deren verwirrende Namen nur seine Lehrerkollegen fehlerfrei aussprechen konnten, die zwei Stände weiter auch eingelegte Oliven kauften und ihre Urlaube wahlweise in Südfrankreich oder der Toskana verbrachten.

Nicht, dass Hubertus nicht auch schon dort anzutreffen gewesen wäre. Aber in diesem Sinne war er bodenständig: Er sprach die Käsenamen immer so aus, wie er sich vorstellte, dass es die Verkäuferinnen tun würden. Das sei vertrauensbildend, hatte er Martina einmal erklärt.

Hubertus näherte sich dem Stand, an dem er immer seinen ökologischen Honig kaufte.

»Habet Sie scho g'hört?«, fragte die Marktfrau und riss

ihn jäh aus seinen Gedanken heraus. »En Dote beim Eishockey. Es isch e verrückte Welt.«

Er nickte geistesabwesend und schlenderte zu seinem Stammgemüsehändler.

»Huby, hast du schon das mit Mielke erfahren?«, schallte es ihm von dort entgegen.

Leider hatte es sich Elke während ihrer nunmehr siebzehn Jahre währenden Ehe auch angewöhnt, bei Franz Lederer aus Appenweier einzukaufen.

Den Anblick seiner Nochehefrau konnte er prinzipiell ertragen – schließlich fand er sie immer noch sehr attraktiv –, doch den schmierigen Bröse hätte er sich an diesem Morgen gerne erspart. Und beide zusammen waren für ihn wie Gift und Galle.

»Sie waren doch gestern sicher auch bei den ›Wild Wings‹. Haben Sie nichts davon mitbekommen?«, mischte sich der Pseudostaranwalt denn auch gleich ein.

»SERC«, verbesserte ihn Hubertus. »Ja, ich hab's von Weitem gesehen. Viel Aufregung«, berichtete er wortkarg. Er hatte keine Lust, den beiden alles zu erzählen. Im Gegenteil: Kontrollierte Aggressivität lautete auch heute das Motto. »Wenn sie den Mörder haben, sag ich's Ihnen«, blaffte er den Anwalt an. »Dann können Sie ihn ja verteidigen.«

Dann wandte er sich seiner Nochgattin zu: »Und, wie geht es unserer Esoterikerin auf Selbstfindungstrip?«

Allmählich ging die kontrollierte in eine unkontrollierte Aggressivität über …

»Ach, Huby«, beschwichtigte Elke. »Es gibt schon genug Menschen, die im Unreinen mit sich sind. Lass uns doch freundschaftlich miteinander umgehen. Du hast zurzeit ein ungeheuer schlechtes Karma.«

»Pah«, entgegnete Hubertus. »Karma.«

Er spuckte das Wort regelrecht aus.

»Wenn du dich ausgesponnen hast, wirst du dich ja eh

wieder reumütig bei mir ... ich meine, bei uns melden. Du hast nämlich eine Tochter – und die braucht mehr als ein Piercing!«

Das hatte gutgetan, denen mal ordentlich einzuschenken, dachte er, während er sich eilig und wortlos davonmachte, zumal er drei Stände weiter den blassen Lehrerkollegen Ziegler erblickt hatte. Das Gemüse konnte warten, der Fall Mielke hatte Vorrang.

Zeit dafür habe ich nach Elkes Auszug ja eh genug, dachte er sich und atmete tief durch.

»Mein Gott, was findet die bloß an diesem ekelhaften Typen«, murmelte er vor sich hin. »Wenn er wenigstens einigermaßen sympathisch wäre.«

Noch ein tiefer Atemzug, dann fasste er sich wieder und marschierte schnurstracks auf Ziegler zu, um ihm auf die Schulter zu tippen: »Morgen, Kollege, wie geht's?«

Ziegler zuckte zusammen. »Herr Hummel«, sagte er mit seiner leisen Stimme. Ziegler war eher ein Mann der kontrollierten Defensive. Er nahm seine Brille ab und rieb sie mit einem Taschentuch sauber. »Ich habe die ganze Nacht kein Auge zugetan«, berichtete er dann.

Das konnte sich Hubertus gut vorstellen. »Wie gut kannten Sie Mielke denn?«, fragte er.

»Nicht sehr gut. Ein-, zweimal im Jahr gingen wir zum Eishockey. Aber manches habe ich schon mitbekommen.«

»Was denn?«

»Ich will nicht in Mielkes Privatleben wühlen, jetzt, wo er ...«

Hubertus legte eine Hand auf Zieglers Schulter. »Die Frauengeschichten, schon klar ...«

»Ich weiß nur von einer«, sagte Ziegler.

»Welcher?«

»Der Spielerfrau.«

»Der Spielerfrau?«

»Na, die Frau des neuen Kanadiers der ›Wild Wings‹. Willy.«

Hubertus war so verblüfft, dass er ganz vergaß, Ziegler zu korrigieren und »des SERC« zu sagen.

»Ich hätte das vielleicht besser nicht erwähnen sollen«, versuchte Ziegler zurückzurudern. »Aber ich war gestern Abend noch lange im Stadion, weil ich das alles nicht begreifen konnte. Und da habe ich einen Ravensburger Fan getroffen, der ein paar Plätze neben mir gesessen hatte. Der wohnte früher mal in Villingen und kannte Mielke wohl noch. Die beiden haben sich in den Drittelpausen miteinander unterhalten.« Ziegler blickte Hummel mit Augen an, denen man tatsächlich ein gewisses Schlafdefizit ansehen konnte. »Auf jeden Fall sagte mir dieser Mann hinterher, dass Mielke und Frau Willy …«

Er unterbrach sich. »Entschuldigen Sie. Ich bin noch ganz durcheinander.«

Hubertus spürte Mitleid mit dem Kollegen.

»Wie hieß dieser Ravensburger denn?«, wollte er wissen.

Ziegler versuchte sich zu erinnern. »Ehrlich gesagt: Ich habe nicht genau hingehört, als er sich vorstellte …«

»Wissen Sie, ob der Mann das der Polizei melden wollte?«, fragte Hubertus. »Theoretisch hätte ja dann Kirk Willy ein Motiv gehabt …«

Ziegler sah Hummel verblüfft an.

Es war nicht der ideale Ort, um solche Gespräche zu führen. Ständig liefen andere Marktbesucher im Slalom um sie herum, nickten mal dem einen, mal dem anderen zu, lupften Hüte und tippten sich zur Begrüßung an die Mütze. Man kannte sich hier – und dennoch schien es Hummel, als habe die Kunde des Mordes einen Schatten auf das spätwinterliche Szenario geworfen.

»Aber Willy war doch die gesamte Zeit auf dem Eis oder an der Bande«, wandte Ziegler ein.

»Das ist das beste Alibi überhaupt«, meinte Hummel zustimmend. »Außerdem kommt ein echter SERCler für so etwas nicht infrage. Und Kirk ist ein echter SERCler – auch wenn er erst seit einem halben Jahr bei uns spielt.«

Ziegler nickte langsam. »Das denke ich auch.«

»Es sei denn, es war ein Auftragsmord ...« Hubertus schüttelte gedankenverloren den Kopf.

Plötzlich regte sich in ihm wieder ein ähnliches Pathos wie am Vorabend im Bistro. »Ich werde den Fall lösen«, eröffnete er nun auch Ziegler.

Wenn er gedacht hätte, der Kollege würde ihn nun dazu beglückwünschen, sah sich Hubertus getäuscht. Der starrte ihn nämlich nur an und seufzte: »Ist das nicht alles schrecklich?«

Dann nickte er kurz zum Abschied und ging in Richtung Benediktinerring davon.

Hubertus sah ihm nach. Dem Kollegen fehlte es eindeutig an Dynamik. Andererseits: Er war froh, dass es ihm erspart geblieben war, während eines Mordes direkt neben dem Opfer zu sitzen. Schon jetzt nahm ihn der Fall genügend mit. Man musste sich nur mal vorstellen, Ziegler hätte sich während des Schusses im falschen Moment zur Seite gebeugt – dann wäre nun der tot, und man würde in seinem Bekanntenkreis nach einem Motiv suchen ...

Hummel schüttelte die Gedanken ab und versuchte sich zu strukturieren.

Noch schnell zum Obst- und Gemüsestand, ehe er womöglich noch einmal Elke und ihrem Rechtsverdreher begegnete.

Um das zu vermeiden, suchte sich Hubertus diesmal einen anderen Händler aus. »Adolf Schmittler, Dauchingen« klärte das Schild an einem Stand ganz hinten auf dem Wochenmarkt auf.

»Habet Sie scho g'hört? In Schwenninge isch geschtern

en Mord beim Eishockei passiert«, begrüßte ihn der Markthändler mit unverkennbar schwäbischem Einschlag.

Hubertus knurrte nur, was Schmittler indes nicht vom Weiterreden abhielt.

»Wisset Se, 's wird ja viel verzellt«, meinte der.

»Und was?«, schnaubte Hummel.

»Der Ma' soll jo im Dings … im Milieu verkehrt honn.«

»In welchem Milieu denn?«, fragte Hubertus nun schon etwas neugieriger.

»I han en jo nit kennt. Aber Sie wisset, die Kunde schwätze halt.«

»Was für ein Milieu meinen Sie?«, insistierte Hummel.

»Ha, im … Sie wisset scho …«

»Etwa im Schwulenmilieu?« Hubertus sprach nun so laut, dass andere Kunden ihn entsetzt anschauten.

Schmittler errötete. »Ha, noi. In de Rotlichtbars«, erläuterte er.

Hubertus schüttelte den Kopf, nahm seine Einkäufe und machte sich auf den Weg zurück in die Südstadt. Entweder war Mielke wirklich der unbestrittene Casanova der Doppelstadt gewesen, oder die Leute tratschten einfach zu viel.

Zwar begegnete er Elke und ihrem Bröse nicht noch einmal, dafür zog er wenige Marktstände weiter die nach seinem Empfinden zweitgrößte mögliche Niete: Regine Pergel und ihr Ehemann Klaus-Dieter Pergel-Bülow teilten nicht nur Hummels Beruf und Arbeitsplatz, sondern auch die linke Hecke von Hubertus' Grundstück. Die Nachbarn – sie unterrichtete Französisch und Latein, er gab evangelische Religion und leitete die Spanisch-AG der Schule – waren so engagiert, so gut und so politisch korrekt, dass Hummel schon aus Prinzip am liebsten den reaktionären Spießbürger herauskehrte.

Also wieder kontrollierte Aggressivität?

Mittlerweile hatte er nicht einmal dazu Lust.

»Kollege, haben Sie schon gehört?«, sagten die beiden aufgeregt und beinahe synchron. »Sehr betroffen« seien sie, und außerdem. Dass manche Menschen überhaupt eine Schusswaffe anfassen könnten, meinte Pergel-Bülow. Ihm selbst stünden ja die Haare zu Berge, wenn nur ein Gewehr im Fernseher auftauche.

Bekanntermaßen sehe er ja so gut wie nie fern, sondern lese lieber Bücher. Aber neulich habe es auf Arte eine Dokumentation ...

Hubertus winkte ab und ließ die beiden stehen. Er wollte nachdenken.

6. NICHTS GEHT MEHR

»Papa, ich will mit«, quengelte Martina, während Hubertus sich die Krawatte umband. Das gute Stück hatte ihm Elke zum vierzigsten Geburtstag geschenkt, handbepinselt, in Seidenmalerei. Der Kurs in der Volkshochschule war also nicht völlig vergeblich gewesen.

Es machte ihn beinahe krank, dass er immer wieder an Elke erinnert wurde.

Für seine schlechte Laune musste nun Martina büßen: »Schlimm genug, dass sie dich ins Bistro lassen. Aber ins Casino kommst du definitiv nicht – noch nicht einmal auf eine Cola an die Bar. Einundzwanzig ist die Altersgrenze. Ohne Ausnahme!«

Und überhaupt: Nur weil Martina sich heute Abend mehrere Absagen eingefangen hatte, wollte sie jetzt plötzlich auf Vater-Tochter-Abend machen. Das kam ihm gerade recht.

»Schönen Abend vor dem Fernseher, mein Schatz«, meinte Hubertus und schlug die Haustür hinter sich zu.

Eine Trumpfkarte hatte er noch. Er schloss wieder auf.

»Wenn ich schon nicht da bin: Heute kannst du ja ein letztes Mal ins Bistro gehen.«

Klaus wartete schon an der Gartentür. »Soll ich dich ins Auto tragen? Deine Bügelfalten leiden doch unter jedem Meter Fußmarsch.«

Er trug ein zitronengelbes Sakko, mit dem er schon beim letzten Sportlerball seiner Zeitung Aufsehen erregt hatte.

Dann gab er Gas.

Klaus Riesle tat wieder mal so, als ginge es um den Gewinn der Trossinger Stockcar-Meisterschaften. Über zehn Jahre hatte er vergeblich versucht, mit seinem alten Ford die begehrte Trophäe zu holen.

Wie damals holte er auch jetzt alles aus seinem Opel heraus. Ehe Hubertus sichs versah, hatten sie schon den Hegaublick hinter sich gelassen. Es war trotz der Kälte ein ausgesprochen schöner und klarer Abend. Im hellen Mondschein waren nicht nur die Alpenkette und der majestätische Säntis schemenhaft zu sehen, sondern auch das spiegelnde Wasser des »Schwäbischen Meeres« in der Ferne. So hatte der Volksmund den Bodensee getauft, obgleich er ja teilweise auch ein badisches Gewässer war.

Hubertus erinnerte sich daran, wie er und Elke gemeinsam mit der Clique zum ersten Mal nachts – und nackt natürlich – im Bodensee gebadet hatten. Mit einer Kiste Bier und einem Zelt waren sie nach dem Abitur mit seinem VW-Käfer Richtung See getuckert.

Er seufzte leise.

Fast hätte er die Abendstimmung genossen, hätte Klaus nicht gerade wieder zu einem seiner abenteuerlichen Beschleunigungsmanöver auf der A 81 angesetzt. Zwischen Gaspedal und Fahrzeugboden passte nun kein Haar mehr. Das steile Gefälle in Richtung Engen sorgte für zusätzliche Stundenkilometer.

Hubertus redete, um seine Nervosität zu überbrücken:

»Kollege Ziegler wusste übrigens zu berichten, dass Mielke was mit der Frau von Kirk Willy gehabt hätte.«

Klaus blickte ihn an, ohne den Fuß auch nur einen Zentimeter vom Gas zu nehmen.

Hubertus wurde es himmelangst. »Verdammt, hier könnte es glatt sein!«

Riesle richtete den Blick zwar wieder auf die Straße, gab aber stoisch Bleifuß: »Quatsch, wir haben doch schon April. Woher will Ziegler das mit Willy denn wissen?«

»Von einem Ravensburger Fan, der wohl öfter in Schwenningen ist. Er hat im Stadion mit ihm geredet. Leider weiß er seinen Namen nicht.«

»Soll das heißen, diese Casinospur führt deiner Meinung nach in die falsche Richtung, und wir sollen lieber Kirk Willy genauer unter die Lupe nehmen?«

Hummel zögerte. Eigentlich freute er sich auf den Casinoabend. Und wie viel die Leute tratschten, hatte er ja erst wieder morgens auf dem Markt erleben können. Nein, sich in der Konstanzer Spielbank zu informieren konnte kein Fehler sein.

»Wir sollten keine Spur außer acht lassen und in alle Richtungen ermitteln«, bemühte Hummel daher einen Spruch, den er mal in einer Krimiserie aufgeschnappt hatte.

Riesle fuhr von der Autobahn ab, drosselte das Tempo aber nur unwesentlich. In seinem Wagen jenseits des Tempolimits umherzurasen war für ihn der Inbegriff von Freiheit und Abenteuer – zumindest die baden-württembergische Variante davon.

»Wir horchen uns heute also mal im Casino um – und morgen fahren wir mit Ziegler nach Ravensburg zum zweiten Play-off-Spiel und suchen mit ihm diesen Informanten. Der wird ja wohl auch wieder da sein, wenn er ein wirklicher Fan ist«, fasste Riesle zusammen.

Hummels rechte Hand umklammerte den Haltegriff noch

fester. Hier auf der B 33 wirkte Riesles Tempo noch bedrohlicher als auf der Autobahn.

»Erstens wird das Spiel sicher schon lange ausverkauft sein – und zweitens glaube ich nicht, dass sich Ziegler noch einmal in ein Eisstadion setzt. Schon mal etwas von einem Trauma nach solchen Ereignissen gehört?«

Riesle war um die Antwort nicht verlegen. »Drittens bist du ein alter Schwarzseher, viertens bin ich bei der Presse und schinde daher Freikarten raus, und fünftens lassen wir uns dann eben eine genaue Beschreibung dieses Informanten geben. Notfalls finden wir ihn auch ohne Ziegler.«

»Vermutlich hatte dieser Fan einen blau-weißen Schal um – dann kommen nur noch achtzig Prozent der Leute infrage«, meinte Hubertus ironisch.

Jetzt blieb Klaus die Replik schuldig, denn er bog mit stattlicher Geschwindigkeit auf den Casinoparkplatz ein.

Neben den vielen prächtigen Autos wirkte sein Kadett beinahe kümmerlich. Doch auch einige Normalverdiener schienen das samstagabendliche Spielvergnügen zu genießen. Und eine ganz andere Gruppe: Irritiert betrachteten Hummel und Riesle vier schwere Motorräder, auf denen ähnlich schwere Männer saßen. Ihre Kutten wiesen sie als »Blue Heroes« aus – und zwar des Chapter Lake Constance.

Hubertus musterte die Gestalten mit üppigem Bart- und Haarwuchs misstrauisch bis ängstlich. »›Blue Heroes‹«, meinte er dann. »Klingt fast wie ein Eishockeyverein. Passt zu den Schwenninger ›Wild Wings‹ und den Ravensburger ›Tower Stars‹ – sogar die gleichen blau-weißen Vereinsfarben.«

Riesle grinste schief. »Die würden aber ständig Matchstrafen kassieren«, widersprach er. »Das sind richtig heftige Rocker. Mit denen ist nicht zu spaßen. Nie im Kurier darüber gelesen? Gab doch öfter mal Schlägereien zwischen denen und verfeindeten Gruppen …«

Hummel schüttelte den Kopf. Er stellte sich gerade vergeblich vor, wie er reagieren würde, wenn Martina ihm einen solchen Typen als neuen Freund vorstellen würde. Dann flüsterte er: »In dem Aufzug kommen die aber nicht ins Casino.«

»Ich glaube fast, die kommen überall rein, wo sie wollen.«

Hummel machte einen weiten Bogen um das Quartett, von dem die eine Hälfte trotz der Dunkelheit eine Sonnenbrille trug. Dann warf er einen scheuen Blick auf die Kutten und wisperte: »Was bedeutet denn ›1 %‹ auf dem Aufnäher?«

Riesle war nicht so leicht einzuschüchtern. »Das ist deren durchschnittlicher Alkoholgehalt im Blut«, scherzte er. Dann wurde er wieder ernst. »Nein – das bedeutet, dass sie ihrer Meinung nach zu dem einen Prozent gehören, das wirklich kompromisslos die Ideale der Rockerszene lebt.«

Hubertus konnte es kaum erwarten, endlich die Eingangstür des Casinos zu berühren. Auch wenn die Männer auf den Maschinen sie nur regungslos anstarrten, war ihm einigermaßen mulmig zumute.

»Du solltest nicht alle Motorradfreaks über einen Kamm scheren«, beruhigte ihn Klaus. Die ›Heroes‹ sind allerdings schon ein wilder Haufen. Könnte ich eigentlich mal was drüber schreiben.«

»Aber nicht jetzt«, wehrte Hummel ab und betrat als Erster das vornehm anmutende Casinofoyer, das einen umso größeren Kontrast zu den Männern auf dem Parkplatz darstellte: rote Ledersessel, schweres Eichenmobiliar, die Wände fast vollständig verspiegelt.

»Dem Spieler soll wohl seine gierige Fratze vor Augen geführt werden«, witzelte Klaus.

Hubertus' Blick fiel auf den linken Rezeptionstisch, wo sich gerade ein Mann in einer Kniebundhose mit dem Personal stritt, das ihm den Zutritt zur Spielbank verweigern wollte. Seine Kleidung sei »nicht standesgemäß«, argumentierte der zuständige Bedienstete sachlich.

Das sei ihm »so ebbes von egal«, antwortete der Mann in der Kniebundhose und zückte irgendein wichtiges Papier. Dem Begleiter des rustikal Gekleideten schien der Auftritt des Kompagnons einigermaßen peinlich zu sein.

Hummel und Riesle passierten jedenfalls ohne Beanstandung die Einlasskontrolle und betraten durch eine schwere Schwingtür den Spielsaal. Der Kartenkontrolleur hatte ihnen noch eine Spielanleitung in die Hand gedrückt. Offenbar hatte er erkannt, dass sie keine Profis waren.

»Nichts geht mehr«, vernahmen sie am ersten Tisch. Sie hörten die Kugel rollen, fallen und auch das Klackern der Jetons, als anschließend einer der Croupiers das Spielgeld mit einem länglichen Kunststoffrechen, dem »Rateau«, einzog und ein anderer die Plastikchips fein säuberlich wieder in die Bankkassette einsortierte.

Elegant in Zwirn und Habitus wirkten die Croupiers.

Hektisch hingegen sprangen die spielenden Gestalten zwischen den Tischen hin und her, schrien merkwürdige Kommandos wie »Paroli« oder »Spiel sieben-neun«, von denen Hubertus und Klaus noch nie etwas gehört hatten.

Hier und da hörte man ein freudiges Lachen oder einen derben Fluch.

»Gott verdälli«, schimpfte ein kleiner weißhaariger Mann mit Brille und hochgekrempelten Sakkoärmeln – ein Schweizer, der sich offenbar über seine verjubelten Franken ärgerte.

Viele seiner Landsleute waren nicht mehr hier, im Gegensatz zu früher. Durch die Casinos, die in den letzten Jahren auf Schweizer Seite eröffnet worden waren, zogen es viele eidgenössische Stammkunden vor, ihr Geld im eigenen Land zu verspielen – sehr zum Leidwesen der Konstanzer Croupiers.

Auch deshalb war eine Modernisierung des Casinos geplant. Statt mit elegantem französischem Roulette sollte nur noch mit schnellen amerikanischen Stehtischen das Geld gemacht werden.

»Möchten die Herren sich nicht setzen?«, fragte einer der Croupiers freundlich. »Zwei Plätze sind hier gerade frei geworden. Bitte, Messieurs.«

Fünfzig Euro hatte jeder von ihnen an der Kasse umgetauscht. Viel Sitzfleisch würden sie wohl nicht benötigen, um ihr Spielgeld wieder loszuwerden. Sie zögerten einen Augenblick, konnten dem Angebot aber nicht widerstehen und ließen sich nieder.

»Sind wohl zum ersten Mal in Casino«, sprach sie ein korpulenter schwarzhaariger Mann mit buschigen Augenbrauen und kräftigem Bartwuchs in unverkennbar ausländischem Akzent an.

Einer der »Heroes«?

Falls ja, hatte er sich mit seinem Anzug recht schick gemacht.

Hubertus nickte und zog verlegen seine fünf Zehnerjetons hervor.

»Ich Ihnen Spiel erklären.« Der Mann lächelte schelmisch.

»Ein Cheval und ein Plein für Herrn Josipović. Das macht zweihundertsechzig Euro.« Ein Croupier schob dem Tischnachbarn einen Stapel Jetons vor den dicken Bauch.

»Stück für Angestellte«, gab der zurück, nahm einen kleinen Fünfer vom Stapel und warf ihn dem Kopfcroupier gekonnt und jovial zu. Dann wandte er sich wieder an Hubertus und Klaus. »Ich heiße Radovan und bin aus Bosnien. Sarajevo.«

Die beiden lauschten dem nun folgenden Vortrag über den Variantenreichtum des Roulettespiels.

»Schwätz au nit so viel, Rado«, rief ihm der Kopfcroupier zu, der den Bosnier offenbar gut kannte. Doch der sprudelte weiter, erzählte von der Spielsucht und davon, wie viele Tausend Euro er schon im Casino hatte liegen lassen.

»Spieler sind völlig verrieckte Leute. Vorletzte Woche hier Mann tot umfallen.«

Er zeigte auf den roten Teppich zwischen zwei Spieltischen.

»Betriebssanitäter von Wechselkasse kommen, aber die Spieler weiter von Tisch zu Tisch springen. Sogar über sterbende Mann drieber.«

Er schüttelte den Kopf.

»Und dabei ihn alle kennen. Alle Spieler sich gut kennen.«

»Dann kennen Sie sicher auch Mielke. Mielke aus Villingen-Schwenningen?«, hakte Klaus gleich ein, obwohl er gerne noch mehr über die Geschichte von dem sterbenden Zocker erfahren hätte.

»Mielke. Natierlich! Völlig von Roulette und Blackjack besessen«, gab Radovan freimütig Auskunft. »Mielke Samstag normalerweise immer hier. Kommt mit zwei Thaifrauen und pumpt mich um Geld an.«

»Auch Mielke ist tot«, fuhr ihm Hubertus ins Wort. »Gestern Abend im Schwenninger Eisstadion erschossen.«

»Jebem ti ...«, fluchte Radovan. »Mielke tot. Ich werd verrieckt. Schuldet mir noch fünfhundert Euro.«

Hubertus erzählte von dem Mord, während Klaus seinen ersten Jeton vorsichtig auf »Manque« schob, die Zahlen von eins bis achtzehn.

»Wir sind Privatdetektive und wollen herauskriegen, warum er umgebracht wurde«, fügte Klaus energisch hinzu.

Hubertus schaute ihn verdutzt an. Wie unnötig. Radovan hätte auch so weitergeplaudert.

»Mielke viele Probleme: Spielsucht, Schulden, viele Frauen ... ich meine Frauen aus Milieu. Lebt völlig über seine Verhältnisse«, fuhr Radovan fort, beugte sich übers Tableau und pflasterte es wieder mit markierten Fünf-Euro-Jetons.

Dann schlug er sich vor die Stirn und meinte: »Und ich leihe diese Mann Geld. Rado, Idiot!«

»Mit wem hatte er denn Schwierigkeiten?«, fragte Hubertus zielsicher und fühlte sich nun ganz in seinem Element.

»Hatte Schulden bei so ziemlich jede Zocker, aber ich glaube, vor allem Ärger mit Zuhälter von Thaimädels.«

»Und wer ist dieser Zuhälter?«, fragte Klaus.

»Fragt Thaimädels selber. Hab sie schon gesehen – an Casinobar«, antwortete Radovan, den langsam das Glück zu verlassen schien. Die Jetontürme vor ihm wurden zusehends kleiner.

Klaus und Hubertus erging es nicht anders, allerdings hatten sie weitaus weniger zu verlieren.

Sie plauderten noch ein wenig mit Radovan, ehe sie sich von ihm verabschiedeten – nicht ohne sich die Namen von Mielkes regelmäßigen Begleiterinnen geben zu lassen: Suney und Mukmin.

Dann wanderten sie in Richtung Casinobar.

»Jetzt aber keine Alleingänge mehr«, wies Hubertus seinen Freund zurecht. »Das mit den Privatdetektiven wäre doch nicht nötig gewesen.« Sie einigten sich darauf, sich den Thaifrauen gegenüber als gut betuchte Freier auszugeben.

Es brauchte einige Anläufe, ehe die beiden Freunde auf die Richtigen trafen. Beim Blackjack-Spiel gerieten sie an einen thailändischen Transvestiten, der sie sogleich zu einem »flotten Dreier« überreden wollte. Die Freunde lachten verlegen, meinten dann aber, dass sie eigentlich auf der Suche nach zwei thailändischen Damen aus dem Raum Villingen-Schwenningen seien. Der Transvestit gluckste vergnügt und zwinkerte heftig mit den Augen. In seinem Geschäft schien man der Konkurrenz durchaus etwas zu gönnen. Er packte die beiden am Arm und schleppte sie zu zwei Frauen, die gerade mit einem Saaldiener an der Bar plauderten und immer wieder laut kicherten.

»Suney, Mukmin, Arbeit für euch«, meinte der Transvestit zu seinen Landsfrauen. »Viel Spaß«, verabschiedete er sich laut prustend.

Der Saaldiener verschwand, Klaus und Hubertus hatten freie Bahn für ihre Ermittlungen, die nun aber drohten, kostspielig zu werden.

Eine Flasche Schampus musste Riesle springen lassen, denn Hummel hatte seine fünfzig Euro bereits am Roulettetisch und dann beim Blackjack durchgebracht.

Achtunddreißig Euro wollte der Barmann für den edlen Tropfen haben.

»Da lob ich mir die Preise im Bistro«, flüsterte Klaus seinem Freund zu. Immerhin reichte die Flasche, um den Prostituierten den Namen ihres Arbeitsplatzes zu entlocken: das Blumberger »Love-Me-Center«.

»Und ... äh ... wie heißt Ihr ... äh ... Beschützer?«, stotterte Hubertus, ohne dass jemand Notiz von ihm nahm.

Klaus war professioneller. »Ich kenne den Besitzer eures Etablissements«, gab er sich weltläufig. »Wie heißt er doch gleich wieder?«

»Oh, Sie meinen Herrn Häringer«, sagte Suney – oder war es Mukmin?

»Kenne ihn nur mit Vornamen«, schauspielerte Klaus weiter. Seine Stirn glänzte fast genauso wie sein zitronengelbes Sakko.

»Herr Dietmar Häringer«, gab die Thailänderin bereitwillig Auskunft.

»Richtig«, nickte Klaus.

Weitere Fragen – etwa in puncto Mielke – wurden durch einen bulligen Rausschmeißertypen erschwert, der sich auffällig-unauffällig in Hörweite platziert hatte.

Außerdem machten die Damen Anstalten, nun körperlich zur Sache zu kommen.

»Lass sie doch«, flüsterte Klaus seinem Freund zu, dem

die Situation sichtlich unangenehm wurde. » Vielleicht bekommen wir so noch etwas raus.«

Ein empörter Rippenstoß war Hummels Antwort. »Ein andermal gern, meine Damen«, sagte er, verbeugte sich linkisch und meinte: »Wir kommen sicher einmal bei Ihrem ... äh ... Arbeitsplatz vorbei.«

Dann zerrte er Klaus an dessen Jackett hinter sich her und verließ den Raum unter den bohrenden Blicken des Rausschmeißers wieder in Richtung Spielsaal.

Radovan war nicht mehr zu sehen. Dafür erspähte Hubertus einen ehemaligen Schüler an einem der Tische. An dessen Namen konnte er sich nicht mehr erinnern. Dieser entdeckte ihn glücklicherweise nicht, denn im Gegensatz zu Klaus fühlte sich Hubertus als Geistesmensch in diesem Casino nicht wirklich wohl. Und ehemalige Schüler wollte er in dieser Atmosphäre schon gar nicht treffen. Womöglich hielt man ihn noch für einen Spieler.

Pech gehabt.

Da kam er schon.

» Hallo, Herr Hummel, Sie hier?«, sprach der junge Mann ihn erstaunt an.

» Äh ... hallo«, murmelte Hubertus. »Ja, ja. Herr ...«

» Uwe. Uwe Münzer. Erinnern Sie sich nicht mehr?«

» Doch, natürlich. Aber mit den Namen ... Entschuldigung. Sind Sie mittlerweile einundzwanzig, dass Sie hier reindürfen?«

Uwe, in einem karierten und zwei Nummern zu großen Sakko, schmunzelte. »Es ist schon neun Jahre her, dass ich von Ihrer Schule abgegangen bin. Ich bin jetzt sechsundzwanzig.«

» Oh«, machte Hummel. Weiterem Small Talk wollte er sich, so gut es ging, entziehen. Sechsundzwanzig minus neun machte siebzehn, rechnete er sich aus. Nein, mit siebzehn hatte Uwe das Abitur sicher nicht bestanden. Wenn er sich recht entsann, war der sogar zweimal sitzen geblieben und dann von der Schule geflogen. Aber dieses Thema wollte er lieber nicht vertiefen. Womöglich ließ ihn sein Gedächtnis schon wieder im Stich.

Klaus half ihm aus der unangenehmen Situation. Er blühte mittlerweile richtig auf und warf den letzten verbliebenen Zehn-Euro-Jeton mehrmals in die Luft, um ihn elegant wieder zu fangen.

»Huby! Eine Zahl. Sag mir eine Zahl«, forderte Klaus und schaute Hubertus voller Tatendrang an.

»Siebzehn!«

Die Kugel rollte schon wieder, Klaus musste sich beeilen.

Er bat einen der Croupiers, ihm die Siebzehn anzusetzen.

»Siebzehn. Schwarz. Impair. Manque«, annoncierte der Croupier am Roulette.

Klaus und Hubertus entfuhr ein wilder Jubelschrei, als hätte der SERC gerade auch das vierte Play-off-Spiel gewonnen. Dreihundertfünfzig Euro würden sie mit nach Hause nehmen, oder genauer gesagt dreihundertvierzig, denn in diesem Moment rief Hummel der Croupiermannschaft freudig zu: »Ein Stück für die Angestellten!«

»Glück gehabt«, sprach sie ein kleiner, schmächtiger Mann mit Brille an.

Die beiden Freunde nickten lächelnd, und Hummel überlegte, wann er den Mann schon einmal gesehen hatte: Richtig, vorhin am Eingang, es war der Begleiter des Typen mit der Kniebundhose.

Hatte der eigentlich noch Zugang zum Casino erhalten?

»Sie ermitteln wohl auch im Mordfall Mielke, wie?«, wandte der Mann mit Brille sich noch einmal an sie.

Fast wären Klaus die vielen Jetons vor Schreck aus der Hand gefallen.

»Müller. Stefan Müller. Kripo Villingen-Schwenningen. Sie haben sich doch vorhin mit Herrn Josipović unterhalten.«

Nun erblickte Hubertus auch den Kollegen mit der Kniebundhose, zu der er eine rustikale graue Strickjacke mit Trachtenknöpfen und eine Krawatte trug, die ihm offensichtlich als Kompromiss abgerungen worden war. Klar, zur Not gab es im Casino sicher auch Krawatten auf Leihbasis.

»Winterhalter, ebbefalls Kripo VS«, meldete sich nun auch dieser Mann zu Wort. »Für welche Detektei arbeitet Se denn?«

Winterhalter brachte die beiden Hobbydetektive wirklich in Verlegenheit. Radovan war in der Tat sehr geschwätzig.

»Da muss es sich um ein Missverständnis ...«, setzte Hubertus an.

Doch ehe er sich Gehör verschaffen konnte, wandte sich Winterhalter an Klaus: »Moment emol, Ihr G'sicht kenn ich doch vu de Kommentare im Kurier. Sie sin doch seller Riesle ...«

Auch Klaus dämmerte nun, dass er mit Winterhalter schon ein-, zweimal zu tun gehabt hatte. Rein dienstlich, versteht sich.

Der Schwarzwälder im bodenständigen, aber für diesen Anlass eher gewagten Äußeren schien auch der umgänglichere der beiden Beamten zu sein.

Von Müller gab es nämlich gleich noch eine Standpauke: »Unterstehen Sie sich, unsere Ermittlungen zu behindern.« Er drückte ihnen seine Visitenkarte in die Hand. »Wenn Sie wirklich einmal Hinweise haben, sind Sie verpflichtet, diese umgehend weiterzuleiten. Nicht an Ihre Leser, sondern an die Polizei.«

Dann ließ er sie unvermittelt stehen.

Winterhalter grüßte immerhin noch und lief dann dem Kollegen hinterher.

»Pah!«, kommentierte Klaus. »Diesen Müller kenne ich noch gar nicht.« Er schnitt eine Grimasse. »Aber der wird uns kennenlernen. Wir waren denen einen Schritt voraus.

Und überhaupt: Selbst als Spieler waren wir keine Profis und hatten Erfolg.«

Riesle wechselte das Spielgeld an der Hauptkasse ein, dann wurde geteilt.

Da nun auch Radovan wie vom Erdboden verschluckt war, gab es keinen Grund, länger zu bleiben, zumal der unangenehme Rausschmeißer Hubertus und Klaus schon wieder mit Blicken durchbohrte.

Nichts wie weg!

Glücklicherweise hatten die »Blue Heroes« mittlerweile offensichtlich ein anderes Betätigungsfeld gefunden, statt weiter auf dem Parkplatz der Spielbank herumzulungern.

Die Rückfahrt verbrachte Hubertus schnarchend auf dem Beifahrersitz.

Das war auch besser so, denn Klaus hatte sich im Überschwang des Casinoerfolgs vorgenommen, einen neuen Geschwindigkeitsrekord aufzustellen.

Der Wagen raste nur so über die A 81.

Nach siebenundvierzig Minuten setzte Klaus seinen Freund vor dessen Haustür ab.

7. SONNTAG

Um kurz vor elf Uhr klingelte der Wecker. Angesichts von nur sechs Stunden Schlaf eindeutig zu früh. Hubertus' erster Gedanke galt dem Eishockeyspiel, das heute Abend anstand.

Riesle hatte recht gehabt: Sie sollten hinfahren.

Weil es ein historischer Sporttag werden konnte – und natürlich auch, weil Hubertus »seinen« Fall weiter recherchieren wollte.

Zunächst standen jedoch familiäre Verpflichtungen auf dem Programm.

Seine Eltern hatten ihn und Martina zum Essen eingeladen. Und Elke natürlich, denn sie wussten genau genommen noch gar nicht, dass die nicht mehr bei ihm wohnte.

Während er sich rasierte, ging ihm das Eishockeyspiel nicht aus dem Kopf. Ob Riesle wirklich Karten für die heutige Partie in Ravensburg bekam?

Ein Sieg fehlte den Schwenningern noch. Zu dumm, dass ausgerechnet jetzt dieses Sportvergnügen durch den furchtbaren Todesfall getrübt wurde ...

Oder war das gar kein Zufall? Wollte jemand die Mannschaft verunsichern? Hubertus schob den Gedanken weg.

Komisch, dass von Martina noch nichts zu hören war. Sie wusste doch von dem Termin bei Oma und Opa.

Er klopfte leise an ihre Tür.

Nichts.

Als er noch mal klopfte, lauter und dann heftiger, reagierte sie sofort: »Ich komme gleich, Papa.«

Hubertus öffnete trotzdem die Tür.

Martina schrie noch: »Halt. Ich hab nix an!«

Doch zu spät, ihr Vater stand schon im Türrahmen.

Martina war genauso wenig nackt wie allein.

Neben ihr ragte das verschlafene Gesicht eines Jünglings aus den Kissen. Er mochte etwas über zwanzig sein.

Hubertus war zunächst völlig perplex, fand dann aber seine Sprache wieder.

»Raus!«, brüllte er. »Sofort raus!«

Ein betrogener Ehemann hätte nicht energischer reagieren können.

Das Paar im Bett war nun hellwach. Der junge Mann – wenn Hubertus sich nicht täuschte, handelte es sich um einen der Knaben aus dem Bistro – zog sich blitzschnell an und stürzte unter Flüchen von Hubertus aus dem Haus.

So hätte er gern mal Doktor Bröse aus der Wohnung gescheucht. Ha!

Dann widmete sich Hubertus seiner Tochter. Das heißt, er versuchte es, doch die Zeit drängte.

»Über diese Geschichte reden wir noch, Frollein«, drohte er.

Er dachte kurz nach und wurde dann zögerlicher – vor allem, weil ihm einfiel, dass er Martina gestern allein gelassen hatte. Aber mit einem Verehrer im Bett der Tochter konnte doch wohl kein Vater rechnen. Oder doch?

Fünf Minuten später hatte seine Tochter ihm eine Abmachung abgerungen: Sie erzählte ihren Großeltern nichts von Elkes Auszug, und er sah von weiteren Strafen ab.

Martina musste zudem versprechen, diesen »verpickelten Knaben«, wie er sich ausdrückte, zukünftig weder bei sich übernachten zu lassen noch bei ihm zu übernachten. Mögliche sexuelle Details wollte er sich ersparen.

Gott sei Dank hatte vor wenigen Jahren Elke die diesbezügliche Aufklärung des Kindes übernommen. Das hätte ihm gerade noch gefehlt.

Da das Auto immer noch nicht ansprang, blieb abermals nur der Fußweg. Das Thermometer zeigte noch immer zehn Grad unter null, aber es war ein klarer, sonniger, verspäteter Wintertag.

Der Weg führte über das Hubenloch, »Deutschlands höchstgelegenen Rosenschaugarten«, der auf einem sanften Hügel die Villinger Altstadt überragte. Hummels Eltern wohnten seit ihrer Hochzeit 1956 in dem kleinen Haus in der Goethestraße, wo auch Hubertus aufgewachsen war.

Immer wenn er dieses Haus betrat, holten ihn die Erinnerungen an damals ein. Eine durchaus typische Kindheit in den Sechzigerjahren: kleinbürgerlichen Ursprungs sicherlich, aber deshalb keineswegs so unglücklich, wie ihm einige Kommilitonen an der Universität das im Nachhinein aus gesellschaftskritischen Gründen immer hatten einreden wollen.

Existenzielle Not hatten die Hummels nicht gelitten. Dass es für besondere Reichtümer außer dem alten Opel Kapitän, den sein Vater gehegt und gepflegt hatte, nicht reichen würde, war aber allen Familienmitgliedern klar gewesen.

Hubertus erinnerte sich, in seiner Kindheit viel draußen gewesen zu sein – auf der Straße, was damals noch ohne größere Gefahren möglich war, aber auch in den dichten Wäldern rund um die Stadt. Zunächst mit dem Rad, später dann mit dem Skateboard, irgendwann mit dem Mofa.

Das Familienleben war überaus traditionell gewesen, ein immer wiederkehrender, fest verankerter Ablauf, wie er heute auch in einer Schwarzwälder Kleinstadt nicht mehr die Regel war. Geprägt war dieser, zumindest von der Mutterseite her, nicht unwesentlich vom katholischen Kirchenjahr und dem Wahrzeichen der Stadt, dem Münster, gewesen. Exministrant Hubertus hatte dagegen in seiner Jugend unter anderem mit langen Haaren kräftig rebellieren müssen.

Inzwischen wusste er sich über andere Dinge mehr aufzuregen. Über seine Nochehefrau beispielsweise und deren Prinzipienlosigkeit in Sachen Moral.

Nicht nur die Erinnerungen hielten Hummel beim Eintritt in das Haus gefangen, sondern auch der Dialekt. Hatte er sich seit seiner Studienzeit in Freiburg im Allgemeinen angewöhnt, einigermaßen hochdeutsch zu sprechen, ließ er hier dem Villingerisch freien Lauf.

Auch im Hause Hummel senior war an diesem Sonntagmittag der Mord an Mielke Hauptthema.

Fast jedenfalls.

»Wo isch denn d'Elke?«, erkundigte sich seine Mutter, als er eintraf.

Und als er im Brustton der Überzeugung »Die isch leider schwer erkältet« antwortete, platzte seinem Vater der Kragen.

»Ja, Junge, monsch du, mir bekomme des nit mit?«, polterte er. »Ausgezoge isch se. Ich hab se doch letschte Woch mit 'em Doktor Bröse bei de Stadtmusikversammlung g'sehe!«

Hubertus biss sich auf die Lippen. Hätte er sich eigentlich denken können, dass in dem Kaff nichts geheim blieb.

»Junge, renkt sich des au wieder ei?«, fragte seine Mutter besorgt.

»Ja, klar«, beschwichtigte Hubertus, was diese indes nicht beruhigen konnte.

»Oje, oje. Des tuet de Martina au nit guet.«

Es war Zeit, wenigstens den Versuch zu machen abzulenken.

»Ich werd übrigens bald den Mörder vum Kollege Mielke finde«, brüstete sich Hubertus.

»Was soll jetzt au des wieder? Bub, pass bloß auf dich auf«, meinte Helene Hummel.

»Ja, Mama«, murmelte Hubertus so gehorsam, wie er es schon vor fünfunddreißig Jahren gemurmelt hatte.

»De Mielke«, meinte sein Vater. »Wer bringt denn den um? Der war doch sehr beliebt – vu allem bei de Fraue!«

»Vielleicht grad deshalb«, mutmaßte seine Mutter.

»Woher wisst ihr denn, dass de Mielke bei de Fraue ...?«, fragte Hubertus.

»Ha, Junge, du solltescht halt au emol aktiver in dene ganze Vereine werde. Und nit nur din Beitrag bezahle, aber nie hingehe«, rügte ihn der Vater.

»Ja, Papa«, leierte Hubertus.

»Na klar war der beliebt bei den Frauen«, schaltete sich Martina ein. Sie sprach selbst bei den Großeltern hochdeutsch, auch wenn Hubertus schon oft versucht hatte, ihr den Schwarzwälder Dialekt nahezubringen. »Bei uns in der Klasse waren auch ein paar ganz verrückt nach ihm.«

Hubertus verdrehte die Augen: »Sag bitte nit, dass er auch no was mit 'ner Schülerin g'habt hätt.«

»Nein«, meinte Martina, »das hätte ich wohl mitgekriegt. Also mit mir jedenfalls nicht.«

Ihr Vater warf ihr einen strengen Blick zu. Dieses Thema fand er momentan gar nicht lustig.

Sein Handy klingelte. Obwohl er jahrelang dagegen gewettert hatte, war er nun doch nicht darum herumgekommen, sich selbst eines zuzulegen, nachdem er sich auf einem Klassenausflug bei Hinterzarten im Wald verlaufen und fast nicht mehr hinausgefunden hatte. Als Tonsignal bei eingehenden Anrufen hatte sich Hubertus für Mozarts »Kleine Nachtmusik« entschieden.

Besser ein wenig klassische Musik als gar keine.

Klaus war dran.

»Hör mal, Alter!«, brüllte er in den Hörer. »Auf Klaus Riesle ist eben Verlass: Ich habe gleich heute früh um neun aufgrund meiner Pressekontakte drei Karten für heute Abend in Ravensburg organisiert! Für dich, für diesen Ziegler und für mich! Wir beide werden also zusammen den Aufstieg feiern – und am besten gleichzeitig noch den Fall lösen! Das Benzingeld ist nach unserem Casinogewinn gestern ohnehin ein Klacks!«

Hubertus freute sich einerseits ungeheuer über die Chance, beim möglichen Aufstieg seines Teams dabei zu sein. Dass Ziegler sie allerdings begleiten würde, hielt er angesichts der Umstände für so gut wie ausgeschlossen. Aber er hatte prinzipiell schon jemanden, der die dritte Karte sicher gerne nehmen würde ...

»Ich habe schon diesen Ziegler kontaktiert, auch wenn ich dafür vier Leute mit dem gleichen Namen abtelefonieren musste«, dröhnte Klaus durch den Hörer. »Zum Glück habe ich mich erinnert, dass du gesagt hast, er wohne wie Mielke in Pfaffenweiler. Sonst wären viel mehr Anrufe nötig gewesen. Dein Kollege ist aber eine ziemliche Träne, wenn ich das so sagen darf.«

»Du hast schon mit ihm gesprochen?« Hubertus war verdattert und auch peinlich berührt. Schließlich hatte er gewissermaßen Riesle auf Ziegler gehetzt.

Eines musste Hummel aber dem eigentlich passionierten Langschläfer Klaus lassen: Wenn der Journalist an einer Geschichte dran war, konnte ihn nur wenig stoppen.

»Ich war sogar schon bei ihm zu Hause!«, triumphierte Klaus. »Er will tatsächlich so schnell nicht noch einmal in einem Eishockeystadion sitzen. Hat die Sache wohl noch nicht verdaut. Da hätte ich mir das Betteln um die dritte Karte eigentlich ersparen können.«

»Was ist denn nun mit Ziegler?«, fragte Hubertus. Seine Eltern verfolgten das Gespräch aufmerksam und wurden allmählich etwas ungeduldig. Mühevoll erhob er sich von der roten Eckbank, presste seinen Bauch am Küchentisch vorbei und ging in sein Jugendzimmer – wie früher schon, wenn die »Alten« etwas nicht hören sollten. Dabei fiel ihm ein, dass er im Haus der Eltern nur dann nicht Dialekt sprach, wenn er nach draußen telefonierte.

»Isch des net ung'sund mit dem Handy die ganze Zeit am Ohr?«, hörte er seine Mutter noch rufen. »Des sind doch Strahle!«

Hubertus ließ sich auf einem alten ockerfarbenen Sitzsack nieder und musterte die Wände seines Zimmers, das in den letzten Jahrzehnten weitgehend unverändert geblieben war.

Poster von Pink Floyd und Deep Purple an der Wand, eines des VfB Stuttgart mit dem jungen Hansi Müller, aber auch schon eines der SERC-Kufencracks, das spätestens 1980 entstanden sein mochte. Hubertus fiel auf, dass fast alle Spieler einen Schnauzbart trugen.

Er musterte die längst zerkratzten LPs von Cat Stevens und Simon & Garfunkel, die er mittlerweile durch die gleichen Platten in CD-Form ersetzt hatte. Das Cover von »Tea for the Tillerman« stach ihm ins Auge – und er erinnerte sich an die Teestunden mit Elke, an Palästinensertücher und Räucherstäbchen.

Klaus lobte derweil seine ureigene journalistische Kompetenz, seine Recherchefähigkeit und sein Zeichentalent, denn er hatte bei seinem Besuch in Pfaffenweiler nach Zieglers Beschreibungen ein Phantombild des Ravensburger Fans angefertigt, der ihm das mit der Affäre von Mielke und der Frau von Kirk Willy erzählt hatte.

»Wir könnten ja auch Kirk Willy direkt fragen«, schlug Hubertus vor.

»Na prima – am besten, während der Meisterpokal übergeben wird«, konterte Riesle.

»Findet das Spiel nach dem Mord überhaupt statt?«, fragte Hummel sicherheitshalber.

»The games must go on«, behauptete Riesle pathetisch.

»War Ziegler denn schon bei der Polizei und hat denen von Mielkes Affäre erzählt?«

»Ich habe ihm davon abgeraten. Das soll er machen, wenn es mit dem Aufstieg geklappt hat. Wenn die ›Wild Wings‹ heute verlieren und im entscheidenden Spiel am Dienstag deshalb bei Willy die Konzentration weg ist – oder er wegen Mordverdachts verhaftet würde …«

»Klaus«, sagte Hubertus vorwurfsvoll. »Erstens: der SERC, nicht die ›Wild Wings‹. Zweitens: Du hast nicht zufällig vor, diese Sache morgen selbst im Kurier zu thematisieren?«

»Gute Idee. Kommt halt drauf an, wie das Spiel ausgeht«, antwortete Riesle dann mit entwaffnender Ehrlichkeit. »Was machen wir denn jetzt mit der dritten Karte?«

»Warte mal kurz«, sagte Hummel und rief nach seiner Tochter. Die kam aus der Küche getrottet und meinte: »Oma fragt, ob du denn nicht von ihrem Festnetzapparat im Hausgang telefonieren kannst. Das sei sicher gesünder.«

Hummel wischte den Einwand mit einer Handbewegung weg und machte seiner Tochter das verlockende Angebot, mit nach Ravensburg zu kommen. Schließlich war sie ebenfalls ein großer Eishockeyfan. Er musste sich so oder so mehr um sie kümmern. Und ehe sie sich wieder mit dem Pickligen traf ...

Umso geschockter war er, als Martina dankend ablehnte.

»Und warum, bitte schön? In dem Spiel könnte mein ... ich meine, unser SERC den Aufstieg schaffen. Und das lässt du dir entgehen?«

»Ich kann heute Abend nicht. Und um das noch mal klarzustellen: Ich bin dir auch keine Rechenschaft schuldig«, kam Martina etwaigen unangenehmen Fragen zu »ihrem Privatleben« zuvor.

Hubertus versuchte ihr klarzumachen, dass eine Siebzehnjährige sich durchaus von ihren Eltern Fragen nach ihrem Privatleben gefallen lassen müsse.

Klaus mischte sich am anderen Ende der Leitung ein und erklärte, für solch »typischen Familienkram« keine Telefongebühren zahlen zu wollen. Dann kündigte er an, Hubertus in zwei Stunden abzuholen, weil »wir uns noch in Ravensburg umschauen sollten«.

Zum Schluss des Gespräches hatte er noch Zeit für eine kleine Gehässigkeit. »Sag mal, wissen deine Eltern jetzt eigentlich schon das mit dir und Elke ...?«, erkundigte er sich, doch Hubertus drückte den Knopf und unterbrach die Verbindung.

Eine Stunde später befanden sich Vater und Tochter wieder auf dem Heimweg.

»Das war also dein Freund heute morgen«, tastete sich Hubertus wieder an das Thema heran.

»Nein, ich kannte den gar nicht«, antwortete Martina grinsend.

»Pass bloß auf!«

Jetzt murmelte die Tochter wie zuvor Hummel bei seinen Eltern: »Ja, Papa.«

»Ist der nicht deutlich älter als du?«, forschte Hubertus weiter nach.

»Papa, er ist noch keine zweiundzwanzig«, meinte Martina genervt. »Außerdem macht er gerade seinen Zivildienst, das müsste dir doch sympathisch sein.«

Hubertus blieb die Antwort schuldig.

Nicht gerade das optimale Vater-Tochter-Gespräch, dachte er sich, aber immerhin ein guter Anfang.

8. DAS VERHÖR

Hauptkommissar Stefan Müller blickte auf seine Taschenuhr, die ihm sein Großvater mütterlicherseits aus Triberg hinterlassen hatte. Das wertvolle Stück trug er immer bei sich. Schließlich stammte er aus einer alten Uhrmacherfamilie.

Es war schon zehn Minuten nach neun.

Und weil er zu Uhren ein besonderes Verhältnis besaß, hasste er auch Unpünktlichkeit. Für Punkt neun Uhr an diesem Sonntagmorgen hatte er Claudia Mielke aufs Revier bestellt, nachdem sie schon den samstäglichen Termin auf den letzten Drücker hatte platzen lassen.

Er hatte ja Verständnis dafür, dass sich die Ehefrau des Ermordeten um ihre Kinder kümmern musste, aber er wollte in diesem Fall schnell weiterkommen. Und vielleicht würden die Mielke-Kinder ohnehin bald ganz ohne elterliche Betreuung auskommen müssen. Er hatte da so einen Verdacht …

Nach einem kurzen Klopfen öffnete sich die schneeweiße Bürotür.

Seine Sekretärin Hirschbein, eine Mittfünfzigerin mit Dutt und Rüschenbluse, um deren Kragen eine Lesebrille baumelte, führte Claudia Mielke herein.

»Möchten Sie einen Kaffee oder Tee, Frau Mielke?«, erkundigte sie sich höflich.

»Lieber einen Schnaps«, entgegnete Claudia Mielke.

Die Sekretärin schaute irritiert und wusste nicht, was sie sagen sollte, doch der Chef kam ihr zuvor: »Guten Tag, Frau Mielke. Schön, dass Sie endlich gekommen sind. Schnaps haben wir leider nicht. Wir sind ja keine Kneipe.«

»Dann nur ein Glas Wasser«, erwiderte Claudia Mielke etwas schnippisch.

»Und für mich einen Pott Kaffee«, schob Müller nach. »Haben Sie etwas dagegen, wenn ich die Befragung auf Band aufzeichne?«

Frau Mielke hatte nichts dagegen.

Müller holte ein mittelgroßes Tonbandgerät, Baujahr 1978, aus der quietschenden Schublade und stellte es auf die grüne Tischvorlage. Eine große schwarze Unterschriftenmappe, die ihm Frau Hirschbein morgens hingelegt hatte, schob er beiseite.

In diesem Augenblick öffnete sich die Tür, und Kommissar Winterhalter stürmte herein. Vermutlich, weil Sonntag war, hatte er die Kniebund- durch eine Stoffhose ersetzt. In der Hand hielt er mehrere Plastiktüten, in denen Claudia Mielke Wurst und irgendwelche Gläser unbekannten Inhalts sah.

Sie wunderte sich.

»So, die Kollege sind jetzt älle bedient«, sagte er zufrieden. »Sie hän doch au scho, Kollege Müller, oder?«

Sein Bauchladen mit Selbstgeschlachtetem vom Linacher Bauernhof lief prächtig. Nur schade, dass man den Polizeikunden davon nichts anbieten konnte. Schließlich lief das hier alles unter der Hand.

Also praktisch steuerfrei.

»Des isch doch nur e Grauzone«, pflegte Winterhalter seine deshalb besorgte Ehefrau zu beschwichtigen. »Immerhin verkauf ich jo nur an Staatsbedienschtete. Zeuge, Verdächtige und Untersuchungsgefangene bedienet mir jo nit.«

Frau Mielke machte ohnehin nicht den Eindruck, als hätte sie gerade gesteigerten Appetit auf ein Schweinskotelett oder Schinkenwurst aus der Dose. Und der Gatte brauchte derlei ja nicht mehr …

»Bin scho do«, sagte Winterhalter also, ließ die Tüten in seinem Schrank verschwinden, wusch sich die Hände und setzte sich an seinen Schreibtisch, um Frau Mielke zu mustern.

Sie hatte ganz offensichtlich wenig geschlafen. Für die Ehefrau eines Ermordeten kein Wunder.

Winterhalter mochte zwar optisch auf ein gröberes Kaliber hindeuten, aber er konnte mitunter durchaus Einfühlungsvermögen beweisen. Und: Er hatte relativ klare Vorstellungen von Recht und Unrecht. Auf dem Bauernhof wie in der Polizeidirektion.

Angehörige von Opfern verdienten zunächst einmal Mitleid. Bei Frau Mielke konnte sich das seinige allerdings deshalb nicht voll entfalten, weil ihm irgendetwas an ihrem Gesichtsausdruck nicht gefiel.

Winterhalter las darin mehr als Trauer und Ratlosigkeit. Ob sie ihnen etwas verschwieg?

»Wer d'Tier kennt, kennt au d'Mensche«, lautete eine von Winterhalters Lebensweisheiten. Und die Tiere kannte kaum jemand so gut wie er.

Er stellte einen braunen Pappbecher, den er vom Kaffeeautomaten im Flur hatte, auf den Tisch. Jetzt konnte die Vernehmung beginnen.

»Nun, Frau Mielke«, setzte Müller in leicht aggressivem Tonfall an. »Machen wir dort weiter, wo wir vor zwei Tagen stehen geblieben waren. Sie hatten also Besuch von einer Freundin, nicht wahr?«

»Ja. Ingrid war bei mir zum Abendessen. Ingrid aus Bad Dürrheim. Sie können sie gerne anrufen und fragen.«

»I dät diese Ingrid sogar gern emol persönlich kennelerne«, sagte Winterhalter. »Mir wisset jo dank Ihne scho, dass die Ihne rote Rose g'schenkt hät. Und jetzt hän mir au no rauskriegt, dass Ihre Freundin vermutlich Schuhgröße vierundvierzig hät ...« Er lehnte sich mit verschränkten Armen an den Heizkörper und zog seinen Rollkragenpulli noch weiter hoch ins Gesicht. »Des muss e ganz b'sonderes Weibsbild sei ... Des mein i übrigens gar net negativ ...«

Claudia Mielke wurde nervös. »Wie ... Wieso das denn?«

»Mein Kollege ist Experte auf dem Gebiet der Spurensuche«, erläuterte Müller. »Er hatte am Freitag Kriminaltechnik-Bereitschaftsdienst und hat sich erlaubt, nach unserem Besuch einen Blick in Ihren verschneiten Garten zu werfen. Und demnach hat sich relativ kurz vor unserem Eintreffen jemand ziemlich überstürzt durch die Verandatür davongemacht – und wir fragen uns, warum?«

Müllers Stimme klang nun fast sanft.

»Ihr Mann wird doch net uf 'em Weg zum Eishockeyspiel über die Veranda durch de eigene verschneite Garte g'rannt sei?«, hakte Winterhalter nach. »In zwei Nummern zu große Schuh? Als mer ihn g'funde habe, hät er nämlich wieder Schuh vu de Größe zweiundvierzig a'g'habt.«

Claudia Mielke machte einen konsternierten Eindruck.

»Frau Mielke.« Müller lehnte sich weit über seinen spartanischen hellbraunen Schreibtisch. »Wer war Freitagabend bei Ihnen, und wieso haben Sie uns belogen?«

»Stehe ich etwa unter dem Verdacht, etwas mit der Ermordung meines Mannes zu tun zu haben?«, fragte Claudia Mielke mit zitternder Stimme.

»Sagen wir mal, es gibt da einen Anfangsverdacht«, antwortete Müller. »Also?«

Claudia Mielke schwieg.

Winterhalter schüttelte den Kopf. Sein Gefühl hatte ihn nicht getrogen.

»Frau Mielke. Jetzt saget Sie doch halt ei'fach, was Sie wisset. Mir glaubet net, dass Sie selbscht Ihren Ma umbrocht hän. Aber i vermut, Sie hän uns nit alles g'sagt, was es zum Sage gibt.«

Er setzte sich wieder an seinen Schreibtisch und versuchte, Frau Mielke in die Augen zu schauen.

Bei den Tieren half das meist.

Claudia Mielke war aber ein besonders störrisches Lebewesen. Sie wich seinem Blick permanent aus.

Müller ging die Befragung noch mal neu an. Und vehementer.

Nun passte es doch ziemlich genau: guter Bulle, böser Bulle.

»Hören Sie gut zu! Nach der Vernehmung seines erweiterten Umfelds wissen wir, dass Ihr Mann ein ziemlich ausschweifendes Leben geführt und sich in der Spielbank Konstanz und im Rotlichtmilieu herumgetrieben hat. Dabei sind wir auf Leute getroffen, denen Ihr Mann noch Geld schuldete. Sehr viel Geld! Hätte er so weitergemacht, hätte er Sie vermutlich um Haus und Hof gebracht.«

»Davon wusste ich nichts, jedenfalls nicht von den Spielschulden«, beteuerte Claudia Mielke.

»Ein entscheidender Ansatzpunkt bei Ermittlungen in einem Mordfall ist das Motiv. Wir kennen bislang nur einen Menschen aus dem Umfeld von Herrn Mielke, der einen guten Grund gehabt hätte, ihn umzubringen.« Müller wurde noch forscher. »Oder ihn umbringen zu lassen?«, ergänzte er mit gefährlichem Unterton.

Winterhalter versuchte nach wie vor vergeblich, Augenkontakt zu Claudia Mielke herzustellen. Stures Ding, dachte er sich.

Sie starrte ausdruckslos zu Boden. Stattdessen fiel sein Blick auf das hinter ihr an der Wand hängende Porträt des baden-württembergischen Landesvaters.

Müller setzte nun wieder nach: »Die Gläubiger Ihres Mannes wollten ihr Geld wiedersehen. Sie hätten allen Grund gehabt, Ihren Mann und seine Familie einzuschüchtern und möglicherweise zu bedrohen. Aber umgebracht hätten sie ihn wohl nicht. Noch nicht. Zunächst hätten sie ihn vermutlich zusammengeschlagen – als Warnung. Erst wenn er dann nicht gezahlt hätte, wäre es kritisch geworden.«

»Isch er denn mol z'sammeg'schlage worde in letschter Zeit?«, fiel Winterhalter ein.

»Aber Sie!«, redete Müller unbeeindruckt weiter. »Ihr Mann hat Sie ruiniert. Ihre Ehe war am Ende. Sie mussten Ihren Mann dafür hassen, was er Ihnen und Ihren Kindern angetan hatte. Nie zu Hause. Nie hat er sich um seine Familie gekümmert. Und dann hat er Ihr gemeinsames Geld noch in Spielhöllen und Bordellen verprasst.«

Immerhin reagierte die Angesprochene nun: »Das ist nicht wahr! Ja, von seinen Frauengeschichten wusste ich. Aber von den Schulden wirklich nichts!«

»Jo, hän Sie denn keinen Einblick in die Konte Ihres Mannes?«, meldete sich Winterhalter zu Wort.

»Erzählen Sie uns doch nichts! Seit mehr als drei Jahren hat Ihr Mann Zigtausende von Euro in Spielbanken verjubelt. Und Sie wollen nie etwas davon erfahren haben?«

Müller war in seinem Element.

Die Vernehmung bekam Verhörcharakter.

»Saget Sie uns halt die Wahrheit. Schlimmer ka's kaum no komme.«

»Da ist noch etwas, liebe Frau Mielke«, fuhr Müller leise

dazwischen, nahm die Brille ab und begann, sie fein säuberlich mit einem karierten Taschentuch zu putzen, das er aus dem Schreibtisch hervorgezogen hatte. »Bei unseren Ermittlungen am gestrigen Abend im Konstanzer Spielcasino sind wir auf einen Spieler getroffen, dem Ihr Mann wohl mehr als fünfzigtausend Euro schuldete. Ihm hatte er vor einer Woche angeblich angeboten, eine auf ihn abgeschlossene Lebensversicherung, die sich auf fünfundsiebzigtausend Euro belief, von der Versicherung zurückkaufen zu lassen. Fünfunddreißigtausend Euro hätte das eingebracht, hatte er dem Gläubiger versichert. Was sagen Sie dazu?«

»Ich … ich bin sprachlos«, stotterte Claudia Mielke.

»Frau Mielke!« Müller ging ein paar Schritte auf die Witwe zu und lehnte sich wieder über seinen Schreibtisch. Seine dunkelblaue Krawatte mit roten Querstreifen baumelte über dem beigefarbenen Telefon.

»Als Kriminalbeamter begegnen einem im Laufe vieler Jahre so einige Mörder. Die einen verabscheut man, weil sie zum Beispiel aus Raffgier getötet haben. Für andere wiederum hat man Verständnis, weil sie aus Not handelten.«

Er schaute nun erstmals zum Kollegen Winterhalter, der beifällig nickte.

»Sollten Sie mit der Ermordung Ihres Mannes tatsächlich etwas zu tun haben, dann hätten Sie doch aus größter finanzieller und vielleicht auch aus emotionaler Not gehandelt. Dafür würde auch die Justiz Verständnis aufbringen«, redete Müller auf die zunehmend fassungslosere Frau ein.

Winterhalter überlegte: Müller wollte zweifelsohne ein Geständnis.

Jetzt und hier.

»Frau Mielke, welcher Mann war Freitag spätabends bei Ihnen zu Hause?«, beharrte Müller.

»Ich möchte meinen Anwalt anrufen. Ich sage kein Wort mehr ohne meinen Anwalt«, rief Claudia Mielke.

Die erste Träne kullerte ihr die Wangen herunter. Sie begann zu schluchzen.

»Sie können gehen, Frau Mielke«, beendete Müller überraschend die Vernehmung. »Aber verständigen Sie Ihren Anwalt und halten Sie sich zu unserer Verfügung.«

Winterhalter schaute den Kollegen verdutzt an.

Claudia Mielke verließ überstürzt Müllers Büro.

»Sie meint wirklich, die hät des ei'g'fädelt?«

Müller lehnte sich zufrieden zurück und musterte den Kollegen: »Die kriegen wir. Die kriegen wir ganz bestimmt noch.«

Winterhalter blieb die direkte Antwort schuldig: »Für Sie au no e weng Selbschtg'schlachtetes?«

9. RAVENSBURG

Bei Hummel überwog mittlerweile die Vorfreude auf das abendliche Spiel. Wie viele düstere Jahre hatten er und sein Team sich in der zweiten Liga abgekämpft, ja, waren zeitweise sogar froh gewesen, überhaupt noch Eishockey sehen und spielen zu können. Mehrfach war der SERC am finanziellen Abgrund entlanggeschlittert, wie so viele andere Vereine auch. Nun, einen Sieg in Ravensburg vorausgesetzt, würden sie endlich wieder im Oberhaus angekommen sein – dort, wo ein solcher Traditionsclub auch hingehörte. Die finanziellen Sorgen waren damit keineswegs ad acta gelegt. Aber es war ein gutes Gefühl, dass Schwenningen möglicherweise bald wieder ganz groß auf der deutschen Eishockeykarte verzeichnet war.

Wie am Vorabend fuhren sie auf der A 81 Richtung Süden, gen Bodensee – und wie am Vorabend fuhr Klaus deutlich zu schnell. So schnell, dass er beinahe die Abzweigung nach Lindau verpasst hätte, dies aber mit einem halsbrecherischen Lenkungsmanöver wieder auszugleichen vermochte. Vom Rücksitz fielen einige Blätter auf den Boden, mehrere in die Mittelkonsole. Sie waren alle identisch und zeigten die unbeholfene Zeichnung eines Kopfes.

»Was ist das?«, wollte Hummel wissen, der heute anstatt seiner Seidenkrawatte den langen blau-weißen Schal umgebunden hatte.

»Der ominöse Zeuge aus dem Eisstadion«, meinte Riesle stolz und blickte abwechselnd die Zeichnung und Hummel an. »Gut, was?«

»Schau auf die Straße«, mahnte Hubertus. »Na ja«, meinte er dann. »Ich weiß ja nicht, wie der Mensch wirklich aussieht, aber falls das hier ...« – er tippte auf den Zettel – »ihm gleicht, würde ich zu diversen Schönheitsoperationen raten. Mal im Ernst, Klaus: Ich finde diese Zeichnung ein wenig ... lächerlich.«

»Banause«, knurrte Riesle.

»Und warum hast du das vervielfältigt?«

»Wir werden das Phantombild im Stadion verteilen.«

»Klaus«, sagte Hummel in seinem mahnenden Lehrertonfall, den Riesle nicht ausstehen konnte. »Wir sind erstens nicht die Polizei, zweitens handelt es sich bei dem Mann um einen Zeugen dafür, dass Kirk Willys Frau etwas mit dem Ermordeten zu tun hatte – diese Person ist aber nicht der Mörder! Und drittens« – er blickte kurz nach draußen, wo der Bodensee nun schillernd auftauchte – »ist meines Erachtens diese Bordellspur, von der wir im Casino erfahren haben, mindestens genauso vielversprechend.«

Klaus antwortete nicht und trieb stattdessen den Kadett auf die B 33.

Spätestens hier merkte man, dass sie nicht die einzigen SERC-Fans waren. Das mutmaßliche Endspiel hatte viele Hundert Eishockeyanhänger aus dem Schwarzwald und der

Schwäbischen Alb in Richtung Oberschwaben getrieben. Blau-weiße Schals hingen trotz der Kälte aus Autofenstern, und jedes Mal, wenn ein Gesinnungsgenosse an einem anderen vorbeifuhr, gab es ein großes Hallo.

Auch Klaus machte da keine Ausnahme. Höchstens darin, dass er stets der überholende Part war. Er blickte auf die Uhr. »Noch drei Stunden bis zum Spiel, und in zweiundzwanzig Kilometern sind wir in Ravensburg. Das reicht.«

»Das würde sogar fast zu Fuß reichen«, bestätigte Hubertus und genoss ein paar Minuten schweigend die nun wieder vom Bodensee wegführende Fahrt, während sich in seinem Hirn Eishockey, der Mordfall und Elke vermischten. Dann ärgerte er sich darüber, dass seiner getrennt von ihm lebenden Frau an einem solchen Tag immer noch ein Platz in seinen Gedanken zustand. Aber er konnte machen, was er wollte: Sie hatte sich da festgesetzt.

»Haben wir eigentlich Sitzplätze?«, erkundigte sich Hubertus. Bequemlichkeit und zunehmendes Alter hin oder her, ein solch entscheidendes Spiel musste eigentlich im Schwenninger Fanblock verfolgt werden, fand er.

»Wir haben Sitzplätze – und wir dürfen sogar in die VIP-Lounge, mein Freund«, sagte Riesle tiumphierend, der nun schon in Ravensburg Richtung Oberschwabenhalle und Eissporthalle abbog. »Schließlich müsste dieser Zeuge ja eigentlich heute auch einen Sitzplatz haben – wenn er sich schon beim Spiel in Schwenningen einen geleistet hat.«

Viel war noch nicht los rund ums Stadion. Die Schwenninger Autos machten vorläufig noch die Mehrheit aus – und auch die ersten beiden der zwölf gecharterten Fanbusse hatten schon ihren Platz bezogen.

»Warte mal kurz«, sagte der Journalist und nahm zwei der Zettel mit dem Phantombild und eine Rolle Klebeband.

Ohne die Zettel, dafür aber mit Eintrittskarten kam er wieder.

»Drinnen ist noch nicht viel los«, meinte er. »Schmuckes Stadion, aber deutlich zu klein. Nur dreitausenddreihundert gehen da rein.«

Ungerührt setzte er sich wieder ans Steuer, reichte Hubertus eine Eintrittskarte und gab Gas in Richtung Innenstadt, auch wenn die nur ein paar Hundert Meter entfernt lag. »Wir schauen uns da noch mal um.«

Typisch Klaus: Selbst zehn Minuten Fußweg waren ihm schon deutlich zu viel.

»Was hast du mit den Phantombildern gemacht?«, wollte Hubertus wissen.

»Im Stadion aufgehängt«, antwortete Klaus lapidar. »Und um Hinweise an meine Handynummer gebeten.«

Hubertus öffnete wieder den Mund, um einen mahnenden Lehrersatz zum Besten zu geben, entschied dann aber, sich ganz bodenständig an die Stirn zu tippen. Das Wort »Verhältnismäßigkeit« kam im geistigen Wortschatz seines Freundes nicht vor.

Was dieser gleich noch einmal bestätigte: »Wir können ja jetzt in der Innenstadt mal ein paar Einheimische direkt fragen, ob sie den Mann kennen.«

Er steuerte den Wagen in ein Parkhaus und sammelte vom Rücksitz sowie vom Boden weitere Kopien seiner Phantomzeichnung auf.

»Klaus, auch wenn ich mich wiederhole: Das ist nicht der Mörder!«, sagte Hubertus pointiert. Er würde sich kategorisch weigern, an dieser schwachsinnigen Aktion teilzunehmen. Viel lieber hätte er sich jetzt in Ruhe auf dieses wichtige Spiel vorbereitet.

Doch Klaus war in die engen Gassen der Fußgängerzone vorgedrungen, wo sich bereits Eishockeyfans aus beiden Lagern mischten. Trotz der erheblichen Brisanz des Aufeinandertreffens ging man friedlich miteinander um und trank gar das ein oder andere Bier zusammen.

Ravensburg wirkte mit seinen vielen Türmen, nach denen die Eishockeymannschaft »Tower Stars« benannt war, dem mittelalterlichen Gepräge und dem Flair wie eine Schwester von Hubertus' Heimatstadt Villingen. Er fühlte sich auf Anhieb wohl. Wenn sich Riesle nur endlich wieder normal benehmen würde …

»Hör mal, Klaus. Du hast tatsächlich drei Karten bekommen. Für wen ist denn jetzt die dritte?«

»Für den, der es sich leisten kann«, antwortete Riesle und sprach am Marienplatz ein paar Fans an. »VIP-Ticket zu verkaufen«, murmelte er auffällig-unauffällig. Sofort bekundeten zwei Männer mittleren Alters Interesse. Sie waren offenbar beim Sturm auf die Karten bislang leer ausgegangen.

»Wie viel?«

»Das ist eine VIP-Karte – oberste Kategorie, Essen inklusive. Sagen wir fünfhundert Euro?«

Die Männer winkten empört ab.

Hubertus verlor allmählich die Nerven. Vermutlich würde die Polizei sie wegen Schwarzhandels festnehmen, sodass sie dieses wichtige Spiel nicht in der Eishalle, sondern in der Zelle verbringen müssten.

Der eine Eishockeyanhänger machte derweil Anstalten, über den Kartenpreis in Verhandlungen zu treten. »Zweihundert könnte ich zahlen«, meinte er.

»Vierhundert«, forderte Klaus und präsentierte dem Fremden das Phantombild. »Übrigens: Kennen Sie diesen Mann? Muss auch ein Eishockeyfan hier in Ravensburg sein.«

Der andere schüttelte den Kopf, wobei unklar blieb, ob er damit die vierhundert Euro meinte oder ob er keine Hinweise auf das Phantombild geben konnte.

Hubertus zog den Freund energisch vom Marienplatz weg und machte ihm eine veritable Szene mitten in der Ravensburger Fußgängerzone.

Die Passanten schmunzelten.

Aus dem Eingang einer Kneipe hörte man Schlachtgesänge. »Auf geht's, Jungs vom Neckar, hey, Jungs vom Neckar – schießt ein Tooor«, schmetterten die Fans ihren beliebtesten Gassenhauer und hüpften dazu immer wieder im Gleichtakt. Offenbar hatten Schwenninger Anhänger das Lokal als Stützpunkt auserkoren.

Hubertus und Klaus versöhnten sich erst wieder, als sie die Eissporthalle fünfundvierzig Minuten vor Spielbeginn betraten. Schließlich waren sie jetzt VIPs – da durfte man nicht allzu negativ auffallen. Die überzählige Karte hatten sie für hundertfünfzig Euro vor der Halle verkauft – das sei der ganz normale Preis bei einem solchen Topspiel, behauptete Klaus. Auf Hubertus' Idee, das eingenommene Geld zu spenden, erwiderte Klaus mit einem unverbindlichen »mal sehen«.

Immerhin hatte Klaus versprochen, die Phantombilder im Auto zu lassen. Mittlerweile hatten sie sich das Gesicht ohnehin so gut eingeprägt, dass sie den Mann erkennen würden, wenn er da war: etwa fünfzig Jahre alt, von relativ kleiner Statur, tiefe Stirnfalten, eine Halbglatze und ein reichlich zerdelltes Gesicht, das allerdings wohl Klaus' Zeichentalent geschuldet war.

In der VIP-Lounge schien er schon mal nicht zu sein. Dort ließen sie sich gemeinsam mit den oberschwäbischen VIPs, ein paar Journalisten und einigen Schwenninger Prominenten das kalte und warme Büfett schmecken. Hummel konnte vor Aufregung nichts essen – was ihn angesichts der Köstlichkeiten durchaus wurmte. Klaus hingegen fachsimpelte mit vollem Mund (»Die haben hier doch ein viel zu kleines Stadion für die DEL – oder, Gerhard?«) mit einem der Gesellschafter des SERC.

»Ich kriege hier zumindest immer Platzangst«, meinte der Angesprochene.

Die Mannschaften waren bereits zum Warmmachen auf dem Eis, und es herrschte eine fiebrige, aufgeregte Stimmung. Die Anhänger beider Clubs überboten sich in Sprechchören. Der Schwenninger Fanblock nahm fast ein Drittel der Stehplätze ein. Bei der Jagd auf die Karten hatten sich die »Wild-Wings«-Anhänger offenbar wieder einiges einfallen lassen. Im Falle einer Niederlage würde sicher nicht die mangelnde Unterstützung der Schwenninger Fans den Ausschlag gegeben haben.

Trotz der Brisanz blieb weiter alles friedlich.

Außer bei Hubertus und Klaus.

»Du bist wirklich ein Idiot«, beschimpfte Riesle seinen Begleiter, als sie auf dem Weg zu ihrem Sitzplatz waren. »Wir hätten sogar fünfhundert Euro für die Karte verlangen können.« Er zeigte mit dem Daumen in Richtung Eingang. »Die Leute hätten sich um das Ticket geprügelt.«

Wenn das sein Ziel sei, könne er ihm auch nicht helfen, beschied Hubertus seinem Freund. Der nächste Streit war vorprogrammiert, doch da riss Riesle Hummel am Arm. »Schau mal!«

Der Mann vom Phantombild?

Nein, der nicht.

Stattdessen kamen die Kommissare Müller und Winterhalter gerade aus dem VIP-Bereich in Richtung Sitzplatztribüne. Müller mit angespanntem Gesichtsausdruck, der in seinen obligatorischen Kniebundhosen gekleidete Winterhalter inklusive prächtiger Laune so, als wären sie auf einem Betriebsausflug.

Das waren sie aber ziemlich sicher nicht.

»Womöglich hat Ziegler doch schon entgegen meinem Rat bei der Polizei angerufen«, mutmaßte Riesle.

»Oder dieser Ravensburger Phantommensch hat sich von selbst gemeldet, und sie treffen sich jetzt hier, um ihn zu vernehmen«, steuerte Hummel bei.

Dummerweise kamen die Beamten jetzt geradewegs auf sie zu.

Absicht oder nicht?

In dem Gedränge auszuweichen kam jedenfalls nicht infrage. Andererseits: Warum auch? Sie hatten nichts zu verbergen.

Fast nichts.

Winterhalter tat erstaunt, die beiden zu sehen.

»Was machet Sie denn do?«, rief er gegen den allgemeinen Lärmpegel an.

Hubertus hob seinen blau-weißen Schal hoch: »Wir sind große Eishockeyfans«, rief er.

»Und ich Journalist – Sie erinnern sich«, ergänzte Riesle.

Müller sagte überhaupt nichts, stand den beiden lediglich schweigend gegenüber, während links und rechts die Fans in beiden Richtungen an ihnen vorbeiströmten und sie dabei auch schon mal leicht anrempelten.

Plötzlich hob Müller schweigend ein gefaltetes Papier auf, das Klaus offenbar beim letzten Rempler aus der Tasche gefallen war.

Der Hauptkommissar starrte es dann an und fragte: »Was ist das?«

»Moment«, fiel Winterhalter ein. »Da isch doch drauße de gleiche Zettel g'hängt. Mit einer Handynummer druff! Hab ich mir glei notiert und wollt nachher da a'rufe, wenn weniger Lärm isch.«

Es war das Phantombild. Offenbar hatte Riesle sein Versprechen nicht ganz gehalten, die Kopien wirklich alle im Auto zu lassen.

Hubertus sandte ein Stoßgebet gen Himmel. Es würde laufen, wie er es befürchtet hatte: Jetzt, wo die Mannschaften zum Anpfiff aufs Eis kamen und die Stimmung explodierte, würden sie von Winterhalter und Müller auf ein Polizeirevier mitgenommen werden. Er würde den Aufstieg doch nicht live miterleben, würde weder Martina noch seinen zukünftigen Enkeln davon berichten können …

Es wurde nicht ganz so schlimm.

Sie verpassten aber immerhin das erste Drittel des Spiels, in welchem sie den Beamten in der VIP-Lounge die Hintergründe des Phantombilds erklären mussten. Dabei erfuhren sie, dass Ziegler nach dem Gespräch mit Riesle die Polizei doch über den Unbekannten und seinen Hinweis auf die Affäre von Kirk Willys Frau in Kenntnis gesetzt hatte.

»Verräter«, schimpfte Klaus den Lehrerkollegen von Hubertus und fing sich dafür eine Rüge von Müller ein.

Hummel war stets mit einem Ohr am Eis, versuchte, Pfiffe, Schreie, Jubel und Trommeln zu deuten. Da die SERC-Fans akustisch mit den Ravensburgern mithielten, war das jedoch alles andere als einfach. Und als ein orkanartiger Jubel ertönte, hatte Hubertus zunächst noch die Hoffnung, seine Mannschaft könne das Führungstor erzielt haben. Eine Servicekraft in der VIP-Lounge klärte ihn dann aber freudestrahlend auf: »Mir führet! De Alex Leavitt war's.«

Mir, das waren ohne Zweifel die »Tower Stars« – und so wurde es kurz darauf auch durchgesagt.

»Ich habe Ihnen schon einmal deutlich gemacht«, meinte derweil Hauptkommissar Müller und deutete mit seinem schlanken Zeigefinger auf Riesle: »Halten Sie sich da raus! Sie behindern die Ermittlungen! Und wenn wir morgen früh etwas davon im Kurier lesen, werden Sie die Konsequenzen tragen!«

»Wie gehen Sie denn jetzt in Ihren Ermittlungen weiter vor?«, wollte der Journalist statt einer Antwort wissen.

Müller schwieg mit wütendem Gesichtsausdruck, doch Winterhalter sagte: »Mir werdet natürlich au de Herr Willy befrage müsse – und sei Frau.«

»Aber nur, wenn der SERC heute gewinnt und die Saison dann beendet ist«, bat Hummel.

Das Pfeifkonzert im Hintergrund deutete auf ein Überzahlspiel der Schwenninger oder eine strittige Schiedsrichterentscheidung hin.

»Wir ermitteln in einem Mordfall und können dabei nur bedingt Rücksicht auf Sportveranstaltungen nehmen«, belehrte Müller mit sauertöpfischer Miene.

»Mir wartet jetzt zumindescht emol de Schlusspfiff vo dem Spiel ab«, beschwichtigte Winterhalter.

Dann wurden Hummel und Riesle mit einer weiteren Müllerschen Ermahnung entlassen. Zu Beginn des zweiten Drittels hatten sie dann endlich ihre Sitzplätze eingenommen.

Sie merkten rasch: Es war irgendwie nicht der Tag der »Wild Wings«. Auch Kirk Willy, der am Freitag in Schwenningen noch so aufgetrumpft hatte, setzte diesmal kaum Impulse.

Warum nur?

Er und seine Mitspieler schienen nach dem zweiten Gegentor zunächst beinahe demoralisiert, ehe sie zu Beginn des Schlussabschnitts die berühmte Schwenninger Kampfkraft aufblitzen ließen.

Das Tor der »Tower Stars« war jedoch wie vernagelt. Und dreizehn Minuten vor Schluss fiel gar das drei zu null.

Wo andere Mannschaften wohl die Kräfte für das nun alles entscheidende letzte Spiel gespart hätten, hielten die »Wild Wings« aber weiter dagegen. Drei Minuten vor dem Abpfiff wurden sie mit dem eins zu drei belohnt, und der Trainer setzte nun alles auf eine Karte: Er nahm den Torwart heraus und brachte dafür einen sechsten Feldspieler.

Hubertus biss in seinen Schal. Bestand doch noch Hoffnung?

Es kam, wie es in einer solchen Situation immer kommen konnte: Die Ravensburger vermochten sich zu befreien und trafen unter dem ohrenbetäubenden Jubel fast aller

Leute um Hubertus und Klaus herum zum vierten Mal ins Netz.

Vier zu eins lautete der Endstand.

Damit hatten Schwenninger wie Ravensburger je zwei Partien in dieser Finalserie für sich entschieden – am Dienstag würde das fünfte und letzte Spiel über den Aufstieg in die oberste Spielklasse entscheiden.

Noch während die Ravensburger Anhänger die letzten Sekunden herunterzählten, erhob sich Riesle und strebte gen Ausgang, Hummel trottete müde hinterher.

Währenddessen hatten die Polizeibeamten drei oder vier Fans auf der Sitzplatztribüne wegen ihrer Ähnlichkeit mit dem Phantombild angesprochen. Möglicherweise, so überlegte Müller, sollte man die Männer mit der Videokamera filmen und die Passagen dann Ziegler vorlegen. Der würde schließlich beurteilen können, ob das der betreffende Mann war.

Natürlich bot sich aber noch eine andere Vorgehensweise an – und die verfolgte Müller stattdessen: Zusammen mit Winterhalter und zwei Schutzpolizisten ging er direkt in die Spielerkabine, um Kirk Willy zu bitten, zu einer Befragung nach draußen zu kommen.

Diese ergab nichts Neues, obwohl man das so eigentlich auch wieder nicht sagen konnte: Nach der Eins-zu-vier-Niederlage war Willy in einer so prächtigen Stimmung, dass er die Aufforderung der Polizei, herauszukommen, damit quittierte, dass er ein Loch in die Kabinentür trat. Als er dann andeutungsweise erfuhr, was die Kripo von ihm wollte, hätte er beinahe noch ein Loch in Müllers Kniescheibe getreten, als dieser sagte, er könne ihn auch einfach mit aufs Revier nehmen. Zum Glück – auch für Müller – schaltete sich Winterhalter ein und beruhigte den Hünen.

»Lasset Se's mol gut sei«, sagte er zu Müller. »De Kirk

brauchet mir Eishockeyfans no am Dienstag – und e ast-
reines Alibi für de Mord hät er jo wohl au.«

Hummel und Riesle kamen an diesem Abend nicht mehr in
direkten Kontakt mit Willy. »Get away, man!«, brüllte dieser
Riesle an, als er vor dem Bus Anstalten machte, ihn anzu-
sprechen. Der Sportler hatte sich wie verschiedene andere
Akteure auch einen »Play-off-Bart« wachsen lassen, rasierte
sich also während dieser entscheidenden Wochen nicht mehr,
was ihm ein noch wilderes Aussehen gab. Und seit der ersten
Play-off-Runde waren immerhin schon fast vier Wochen ver-
gangen …

Immerhin ließ sich Riesle auf der Rückfahrt trotz seiner
Enttäuschung darauf ein, mit der Veröffentlichung der Ent-
hüllungen über Willy im Schwarzwälder Kurier bis nach
dem Dienstagsspiel zu warten.

Einige Male überholten sie auf der Autobahn noch Fanbusse, aber mit den Schals winkten nur noch wenige unver-
drossene Schwenninger Anhänger.

10. ZWEIKAMPFSTARK

Auch in der Schule blieb der Fall Mielke am Montagmorgen
weiter Thema. Der Rektor hatte zu einer Art improvisierter
Trauerfeier in die Aula des Gymnasiums gebeten – und auch
die Schüler schienen wenig anderes im Kopf zu haben als das
Ableben eines ihrer Lehrer. Mit ihnen war jedenfalls weder
im Deutsch- noch im Gemeinschaftskundeunterricht etwas
anzufangen.

Eine Stunde nach Schulschluss holte Klaus Hubertus zu
Hause ab, und gemeinsam fuhren sie nach Schwenningen.

Im Wagen besprachen sie das weitere Vorgehen.

»Willst du wirklich noch mal zu Willy hingehen? Und ihn diesmal ganz klar fragen, ob Mielke ihn mit seiner Frau betrogen hat?«, meinte Hubertus, als Klaus bei Dunkelgelb die Ampel an der Fideliskirche überquerte.

Die Radaranlage blitzte nicht. Glück gehabt.

Oder gutes Timing, wie Klaus behauptete, während sie am Café Viereck, dem Villinger Untersuchungsgefängnis, vorbeikamen.

»Während du in der Schule Kinder verdorben hast, habe ich mir was Cleveres überlegt«, meinte Riesle gewohnt großspurig. »Die haben jetzt um vierzehn Uhr Training. Ich spreche danach einfach mal ganz normal mit Willy. Ich bin ja schließlich Journalist, und er kennt mich, auch wenn er gestern Abend ein bisschen abweisend war. Irgendwann werde ich das Gespräch auf den Mord lenken und sehen, wie er dann reagiert.«

»Toll«, meinte Hubertus sarkastisch. »Und ich?«

Auch für Hummel hatte Riesle einen Plan: »Unser Sportredakteur wusste Bescheid: Kirk und Helen Willy, Schwenningen, Vor dem Hummelsholz. Du gehst in der Zwischenzeit zu Helen, gibst dich als Detektiv aus – und dann wirst du schon was aus ihr herausbekommen. Tritt einfach forsch auf.«

Zwar zierte sich Hubertus noch eine Weile, aber schließlich ließ er sich gegenüber dem zweistöckigen Haus absetzen, wo Willy wohnte.

»Warte bitte noch kurz. Wenn sie nicht da ist, komme ich gleich mit ins Stadion«, meinte Hummel.

Er nahm seinen ganzen Mut zusammen und klingelte an der hellbraunen Holztür. Eine junge Frau mit blonder Dauerwelle öffnete.

Sie mochte höchstens Ende zwanzig sein.

In diesem Moment fiel Hummel die Mahnung von Hauptkommissar Müller ein. Machte er sich eigentlich strafbar, wenn er sich hier als Detektiv ausgab? Verstieß er damit in irgendeiner Weise gegen das Beamtenrecht?

Gefährdete er gar seine Karriere?

Das Pathos, das ihn in den letzten Tagen nun schon zweimal ausgezeichnet hatte, fehlte ihm in diesem Moment gerade völlig …

Er räusperte sich. »Entschuldigung. Frau Willy?«, flötete er. Das heißt, er versuchte zu flöten. Gewohnt war er diesen Staubsaugervertreter-Tonfall nicht.

»Ja. Wir kaufen aber nichts«, antwortete die Blonde mit nordamerikanischem, leicht quäkendem Akzent.

»Oh, Sie sprechen aber sehr gut Deutsch«, schmeichelte ihr Hubertus.

»Ich habe Germanistik studiert«, antwortete Helen Willy etwas unwillig.

»Ich will nichts verkaufen«, klärte Hubertus sie auf. Dann atmete er tief durch und sagte zumindest annähernd forsch: »Ich bin Privatdetektiv und weiß, dass Sie ein Verhältnis mit einem Lehrer haben, äh, hatten.«

»Das ist ein schlechter Scherz«, entgegnete die Kanadierin nach einigen Momenten des Schweigens.

»Dieser Lehrer ist umgebracht worden – am Freitag im Eisstadion«, fuhr Hubertus fort und kam sich dabei vor wie Matula in »Ein Fall für zwei«.

Nur dass bei Matula die Szene vermutlich anders ausgegangen wäre.

Zwar schien Frau Willy erst kurz zusammengezuckt zu sein, dann rief sie jedoch: »Wilbur!« Hubertus hörte ein Tapsen und sah dann die Schnauze eines Boxerhundes.

Für lange Erklärungen schien keine Zeit zu sein. Und auch wenn es kopflos war: Hubertus gab Fersengeld, stürzte auf die Straße und spurtete hundert Meter in neuer persönlicher Bestzeit.

Zehn Sekunden später klingelte das Handy von Klaus. Er

las »Huby« auf dem Display, drückte den Empfangsknopf und fragte genervt: »Was ist denn los?«

»Sie hat mich rausgeschmissen«, keuchte Detektiv Hummel am anderen Ende.

Klaus wendete fluchend und sammelte seinen Freund ein.

»Das war 'ne Scheißidee«, sagte Hubertus und schilderte seinen Kurzauftritt.

Klaus trat derweil aufs Gaspedal und lenkte den Wagen quer durch die alte Industriestadt Schwenningen mit ihrem Stilmix aus Fachwerkhäusern und Zweckbauten.

Auf den Straßen lag immer noch Schneematsch.

Klaus überlegte. In der Alleenstraße meinte er schließlich: »Gut, dann sage ich es jetzt dem Gatten.«

Als sie endlich an der Helios-Arena waren, kamen ihnen bereits ein paar Spieler entgegen. Auch in der Stadiongaststätte herrschte schon reger Betrieb.

Doch sie hatten Glück: Willy war einer der Letzten, der – die riesige Sporttasche geschultert – aus dem Umkleidebereich kam.

»Hallo, wir ermitteln in dieser Mordsache«, sprach Klaus den Eishockeycrack an, der einen guten Kopf größer als er war.

»Just a moment«, sagte der. »Du bist doch vom Kurier und nicht von der Polizei, oder?«

Hubertus griff ein: »Wir sind Detektive und …«

Willy unterbrach ihn: »Ist einer von euch das Asshole, das vorhin bei meiner Frau war? Grade hat sie mich auf dem Handy angerufen.«

Er baute sich drohend vor Hubertus und Klaus auf.

Eins zweiundneunzig Meter groß, hundertzwei Kilo schwer, ging es Hummel durch den Kopf. Das waren die offiziellen Daten über Willy auf der Homepage des SERC. Zudem galt der Spieler als sehr zweikampfstark …

»Und: Was hat sie gesagt?«, fragte Klaus nicht unfrech.

»God damned. What do you want, sucker?«, fluchte der Kanadier.

Hubertus reichte es für heute. »Sorry«, sagte er. »Eine Verwechslung.«

Dann zog er Klaus schnell weg.

Gemeinsam gingen, nein, spurteten sie zu Riesles Opel und schauten, dass sie Land gewannen. Willy hatte zunächst Anstalten gemacht, sie zu verfolgen, blieb dann aber nach wenigen Metern stehen.

»Ist doch klar«, sagte Klaus, als er wieder Atem hatte. »Erst die Pleite in Ravensburg, und jetzt kriegt er mit, dass seine Frau ihn betrogen hat. Der ist mit den Nerven am Ende.«

»Und wir sind noch immer keinen Schritt weiter«, meinte Hubertus. »Willy macht uns zu Hackfleisch, wenn er uns noch mal über den Weg läuft. Und möglicherweise wird er jetzt so in seiner Konzentration gestört, dass die das entscheidende Spiel morgen vergeigen.« Er schlug mit der Faust gegen die Seitenscheibe: »Warum konntest du denn damit nicht bis nach dem Spiel warten?«

Klaus blieb ungerührt. »Du hast doch gehört, dass Müller und Winterhalter ihn schon gestern Abend damit konfrontieren wollten. Wir waren nicht die Ersten.«

Ihm ließ die Sache mit Mielke und Willys Frau keine Ruhe. War es denkbar, dass Helen Willy einfach nur geblufft hatte? Oder hatte sie wirklich nichts mit Mielke gehabt? Handelte sich alles wieder nur um Tratsch?

Plötzlich kam ihm die zündende Idee. »Ich rufe Stefan an«, erklärte er.

Stefan war der Manager der »Wild Wings«.

»Wenn etwas an der Sache dran ist, dann weiß Stefan bestimmt Bescheid«, behauptete Klaus.

Hubertus schwieg, während Klaus das Handy aus der Tasche zog.

»Das wird schon noch mit dem Aufstieg, Stefan«, ermutigte er den Manager, ehe er zur Sache kam und ihm vom Aufeinandertreffen mit Willy erzählte.

»Sag mal, Klausi, bist du übergeschnappt?«, fragte Stefan am anderen Ende. »Ich weiß von diesem überflüssigen Vorstoß der Polizei gestern Abend in der Kabine. Da brauchen wir wirklich nicht auch noch Journalistenhelden, die unsere Spieler in dieser entscheidenden Phase verrückt machen.«

»Aber was hältst du von dem Gerücht, dass Kirk Willys Frau eine Affäre mit Mielke hatte?«

»Nie und nimmer hatte die ein Verhältnis mit diesem Mielke. Ich bezweifle, dass die sich überhaupt kannten, denn die Frau sieht man selten in der Öffentlichkeit. Zudem liebt Willy seine Familie über alles. Die haben eine Tochter, die etwa sechs Monate alt ist. Und überhaupt: Wenn Helen Willy ein Verhältnis mit jemandem hat, dann allenfalls mit ihrem Hund. Mielke wäre dank dem Biest ohnehin nicht an Helen rangekommen. Die zwei sind unzertrennlich.«

Klaus wollte aber noch nicht aufgeben. »Hör mal, Stefan. Wenn die ganze Sache mit der Affäre nicht stimmt – dieser Typ, der das verbreitet hat, ist doch Ravensburger.«

Der Manager am anderen Ende schwieg und wartete ab.

»Es wäre doch möglich«, tastete sich Riesle weiter vor, »dass das Ganze ein mieses Ablenkungsmanöver vonseiten der ›Tower Stars‹ ist, um Willy und das Team zu verunsichern …«

»Und die begehen dafür einen Mord? Sag mal, spinnst du, Klaus?«

»Nicht unbedingt einen Mord«, beschwichtigte Riesle. »Aber vielleicht ist dieser Ravensburger nach der Niederlage und dem Mord auf die Idee gekommen, für ein bisschen Unruhe in eurem Verein zu sorgen. Schließlich geht es um sehr viel.«

»Ein massiver Vorwurf, Klaus«, meinte der Manager nach

einer Pause. »Kann ich mir beim besten Willen nicht vorstellen. Die Rivalität ist rein sportlich – und weder wir noch die wären zu so etwas fähig. «

»Es könnte ja vielleicht nur dieser einzelne Ravensburger dahinterstecken«, insistierte Riesle.

»Das wäre natürlich außerordentlich schäbig. Umso schlimmer, wenn die Polizei auf so etwas anspringt und Kirk verunsichert«, sagte der Manager bitter. Und fügte spitz hinzu: »Und wenn irgendwelche Journalisten nach einer Geschichte geifern. «

Auch der Manager nahm Riesle nun das Versprechen ab, zumindest in den nächsten Tagen nichts über diese Gerüchte zu veröffentlichen.

»Der Mord sorgt schon für so viel Unruhe, dass das entscheidende Spiel aus Sicherheitsgründen und wegen der kriminaltechnischen Untersuchungen drei Tage nach hinten verschoben wurde«, erklärte er.

Also Freitag statt Dienstag. Riesle ärgerte sich, versprach aber, ehe sie das Gespräch beendeten, zumindest bis Freitagabend nichts über Helen Willy ins Blatt zu hieven – und auch nichts über eine angebliche Ravensburger Verschwörung ...

Der Manager wusste eigentlich immer ganz genau, was bei den SERC-Stars und in deren Umfeld alles lief, hatte er Klaus doch schon öfter mit Informationen versorgt. Die Sache mit Mielke und Helen musste demnach wohl wirklich eine Ente sein.

Hubertus beendete sein Schweigen. »Allerdings wird er die Spieler und ihre Frauen auch nicht rund um die Uhr beobachten. «

»Hm. Nein. Aber dennoch scheint mir diese Vermutung, dass ein oder mehrere Ravensburger dahinterstecken und die Schwenninger verunsichern wollen, fast noch interessanter. Was hältst du davon? «

Hummel zog die Schultern hoch. »Immer diese Gerüchte! Die Spuren, die auf das Casino- oder Rotlichtmilieu hinweisen, scheinen mir vielversprechender zu sein«, meinte er. »Wir können ja am Freitag während des Spiels trotzdem mal schauen, ob dieser Phantombildmann noch einmal auf der Tribüne sitzt.«

»Also die Rotlichtspur. Dann lass uns doch gleich heute Abend mal dieses Etablissement besuchen«, schlug Riesle vor.

»Mal sehen«, blockte Hummel ab. In seinem Herzen stritt immer noch der Wunsch, den Fall zu klären, mit demjenigen, sich keinen Ärger einzuhandeln. »Erstens warten Korrekturen auf mich zu Hause, und zweitens sollte ich zweifelsohne wohl mal ein Auge auf mein Fräulein Tochter werfen.«

»Im Bistro hatte ich den Eindruck, dass auch einer dieser Knilche ein Auge auf sie geworfen hat«, mutmaßte Klaus.

Hummel blieb die Antwort schuldig. Die Geschichte, wie er Martina und ihren Besuch am Sonntagmorgen überrascht hatte, würde er allenfalls mal nach einigen Bieren im Bistro von sich geben.

11. DAS LIEB-MICH-ZENTRUM

Auch der Dienstagmorgen verging außerordentlich zäh. Hubertus war mit den Gedanken bei »seinem« Fall, bemühte sich aber, das niemanden merken zu lassen – die Schüler schon gar nicht.

Zudem machte er sich allmählich Sorgen um seinen Ruf: Wenn sich Elke und Bröse nicht nur auf dem Wochenmarkt, sondern auch schon gemeinsam bei Vereinsfesten und Versammlungen in der Stadt sehen ließen, würde es nicht mehr lange dauern, bis ihn die ersten Kollegen darauf ansprachen – oder gar Schüler.

Er hingegen besuchte in der Zwischenzeit Casinos und am heutigen Abend sogar ein Bordell, denn so war es mit Klaus ausgemacht. Nein, das war nicht gut. Und auch wenn es albern sein mochte: Tarnung war angesagt.

Zum Glück kam er mit dem Kollegen Barsch, Erd- und Gemeinschaftskunde, gut aus, denn der leitete die Theater-AG der Schule. In der vierten Stunde hatte er frei, da würde er sich aus dem dortigen Kostümfundus etwas aussuchen, beschloss Hubertus.

Der Plan scheiterte in doppelter Hinsicht: Erstens war Barsch krank, und zweitens musste Hummel ihn in dieser vierten Stunde in einer siebten Klasse vertreten.

Na toll, dachte Hubertus. Barsch war nun schon der vierte Lehrer, der heute fehlte. Außer ihm waren es noch Hübner, dann Geiger, der junge Deutsch- und Geschichtslehrer, den er auch ab und zu im Bistro traf, und Ziegler, der als Zeuge des Mordes immer noch nervlich angeschlagen und deshalb für drei Tage außer Gefecht gesetzt war. Dazu der tote Mielke – das bedeutete Stress pur in nächster Zeit.

Burgbacher, schoss es Hubertus durch den Kopf. Er rief den Freund in der Fünf-Minuten-Pause vor der fünften Stunde per Handy im Landratsamt an.

»Eddi«, rief er in den Hörer, »ich brauche deine Hilfe.«

Um vierzehn Uhr traf Hubertus seinen Freund Burgbacher vor dem Zähringer-Theater.

Der schüttelte zwar ob seines Anliegens nur fassungslos den Kopf, erklärte sich dann aber bereit, Hubertus einen gewaltigen Schnurrbart aus der Aufführung des »Grafen von Monte Christo« zu leihen.

Burgbachers dröhnendes Lachen begleitete Hubertus noch, als er schon wieder in der Niederen Straße im Kern der Zähringerstadt war.

»Wie ein Zuhälter, der ein paar Wochen die Sonnenbank ausgelassen hat«, sehe er mit diesem Kaiser-Wilhelm-Bart aus, hatte Burgbacher noch gemeint. Und: Er solle dazu unbedingt Riesles zitronengelbes Sakko anziehen.

Kurz vor einundzwanzig Uhr parkten Riesle und Hummel nach halbstündiger Fahrt in Richtung Süden in der Nähe des »Love-Me-Centers« in einem Industriegebiet bei Blumberg. Die Grenzstadt zur Schweiz bemühte sich rege um die Ankurbelung von Wirtschaft und Tourismus.

Vorsichtshalber hatten sie Riesles Opel auf einem Parkplatz einer anderen Firma wenige Hundert Meter entfernt abgestellt. In dem Gewerbegebiet hatten sich zur Freude der Stadtväter auch einige Schweizer Unternehmen angesiedelt. Und vor dem »Love-Me-Center« waren sogar primär Fahrzeuge mit eidgenössischem Kennzeichen zu sehen. Der grenzüberschreitende Verkehr bekam hier eine ganz neue Bedeutung.

Auch Klaus hatte sich ausgeschüttet vor Lachen, als er den Aufzug von Hubertus erspäht hatte: ein Hawaiihemd, von dem nur der Kragen zu sehen war, weil Huby einen Strickpulli darüber trug. Dazu eine Winterhose und Moonboots.

»Nein, Edelbert hat unrecht«, kommentierte Klaus. »Du siehst mit dem Bart nicht aus wie ein Zuhälter … Eher wie ein Vollidiot.«

Er selbst war wie meist mit Jeansjacke und Jeanshose bekleidet, auch wenn ihm das an diesem Abend zu kalt war.

Viel los war in dem Bordell nicht gerade. Ein halbes Dutzend Gäste befand sich in der improvisierten Bar, in der Kontakte angebahnt wurden. Von Suney und Mukmin keine Spur. Umso mehr fielen Hubertus und Riesle auf, vor allem Hummel mit seiner extravaganten Kleidung.

»Na, Süßer, heute Abend zum ersten Mal alleine unterwegs?«, flirtete ihn eine der leicht bekleideten Damen mit osteuropäischem Akzent an. Hubertus blieb die Spucke weg.

Riesle reagierte cool: »Keine Chance, Süße. Wir wollen zu Häringer.«

Ein Blick zur Bar, ein Nicken des Kellners – und plötzlich tauchte ein Mann auf, den Hummel und Riesle lieber nicht getroffen hätten: der Rausschmeißertyp, der ihnen schon im Casino Konstanz unangenehm aufgefallen war.

Während Hubertus auf dem Absatz seiner Moonboots kehrtmachen wollte, was gar nicht so einfach war, blieb Riesle weiter cool.

»Wie, Sie gehören zu Häringer?«

Der bullige Typ forderte das Duo mit einem Wink auf, ihm zu folgen.

Er war mindestens so groß wie Kirk Willy, dafür aber deutlich breiter. Nein, fetter.

»Ich geh da nicht mit«, flüsterte Hubertus. »Der führt uns in irgendeinen dunklen Raum, und dann machen die uns dort fertig.«

Riesle wisperte: »Los, komm jetzt. Schlimmstenfalls kannst du sie ja dann mit deinem Schnurrbart erschlagen.«

Allzu wohl schien ihm dabei jedoch auch nicht zu sein.

Der Weg führte eine Wendeltreppe hinauf, dann durch einen langen Gang. Der Rausschmeißer hielt vor einer Eisentür an und forderte sie auf, stehen zu bleiben.

Nach etwa zwanzig Sekunden wurden sie eingelassen.

Hinter einem Eichenholzschreibtisch saß ein Mann von Mitte sechzig. Er hatte eine Glatze und war eher untersetzt. Von Schnurrbart keine Spur, auch von Sonnenbankbräune nicht. Den Betreiber eines solchen Etablissements hatte sich Hubertus anders vorgestellt.

»Und?«, fragte der Alte.

»Sind Sie Häringer?«, fragte Riesle.

»Laut Suney und Mukmin duzt ihr mich doch, oder?«, konterte Häringer. »Nennt mich doch einfach Dietmar.«

Während Hubertus errötete, was man nur wegen seines

gewaltigen Schnurrbarts nicht sah, redete Riesle weiter: »Also, Dietmar ...«

»Das war ein Scherz«, kam es scharf zurück.

Nun schien auch Klaus ratlos.

Hubertus fühlte sich in der Pflicht. »Herr Häringer, entschuldigen Sie, aber wir ermitteln im Mordfall Mielke ...«

»Wenn mich nicht alles täuscht, seid ihr zweitklassige Privatschnüffler. Was sollte mich also daran hindern, euch einfach von Marian« – er wies in Richtung Tür, wo mit verschränkten Armen der Rausschmeißer stand – »im hohen Bogen rauswerfen zu lassen?«

»Ihr reines Gewissen«, meinte Klaus.

»Gut, meine Herren«, sagte Häringer nach einer kurzen Pause und schaute verächtlich auf Hubertus. »Auch kleine Tiere können Ärger machen. Ich habe nichts zu verbergen. Ihr habt drei Minuten. Was wollt ihr wissen?«

Hubertus atmete auf. »In welchem Verhältnis standen Sie zu Mielke?«

»Wir waren verheiratet«, antwortete Häringer. Marian lachte roh, ehe sein Boss ihn mit einer Handbewegung zum Schweigen brachte.

»Um es kurz zu machen«, fuhr Häringer fort. »Mielke war einer unserer besten Kunden. Er ging regelmäßig mit Suney und Mukmin auf Tour und bezahlte stets pünktlich. Manchmal musste er sich zwar Geld bei anderen dafür leihen, aber er bezahlte immer.«

»Warum soll er bei Ihnen immer bezahlt haben, aber sich bei anderen Geld geliehen haben?«, fragte Klaus.

»Weil wir überzeugende Mittel gehabt hätten, das Geld von ihm zu bekommen«, meinte Häringer und wies auf Marian.

Hubertus nickte und lächelte gequält. Das konnte er sich vorstellen.

»Mielke war verrückt nach Suney und Mukmin«, fuhr

Häringer fort. »Kein Wunder. Aber in den letzten sechs Wochen machte er keinen Gebrauch mehr von ihnen.«

Gebrauch, dachte Hubertus. Wie sich das anhört. Widerlich.

»Ich nehme an, Mielke war zuletzt endgültig pleite. Schade. Ein guter Kunde. Wollt ihr ihn nicht ersetzen?«, meinte Häringer.

»Wollen schon«, meinte Riesle zum Entsetzen von Hummel, »aber leider fehlt uns das nötige Kleingeld.«

Häringer nickte und zeigte auf Hubertus. »Ja. Kauf deinem Kumpel erst mal vernünftige Kleidung.«

Klaus prustete los.

»War's das?«, fragte Häringer.

»Noch eine Frage«, bat Klaus. »Waren Sie zufällig letzten Freitag beim SERC?«

Häringer nickte: »Ich verpasse selten ein Heimspiel.«

Hubertus dachte eine Sekunde nach. Dass der Mann über ein Alibi verfügte, hatte nichts zu sagen. Häringer würde sich kaum selbst die Finger schmutzig machen.

»War er hier« – er deutete mit dem Kopf zu Häringers Gorilla – »im Stadion?«

Häringer schüttelte den Kopf. »Marian war in Konstanz. Wie Suney und Mukmin ist er Stammgast im Casino. Schließlich muss er auf die beiden ein Auge haben. Sucht woanders weiter und beehrt uns bald wieder. Dann aber bitte als Kunden – und am besten in anderer Kleidung. Denn wir legen durchaus Wert auf ein gepflegtes Erscheinungsbild.«

Er widmete sich wieder seinen Geschäften.

Marian eskortierte – immer noch, ohne ein Wort zu sagen – die beiden wieder hinaus.

Kurz darauf standen sie wieder bei Riesles Auto. Hubertus war zufrieden. Immerhin hatte ihn niemand erkannt.

Klaus schien noch zufriedener. »Hast du den Typen in der Ecke gesehen, als uns diese Tussi angequatscht hat? Schulz.

Der Schwenninger Stadtrat Schulz. Das behalte ich im Hinterkopf. Vielleicht hau ich dem das mal in einer Kolumne um die Ohren.«

Allerdings war man in der Sache Mielke nicht wirklich weitergekommen.

Wie immer in solchen Fällen waren sich die beiden Freunde einig.

»Lass uns im Bistro die Lage besprechen.«

12. WANDERSTIEFEL UND KUTTE

Hauptkommissar Winterhalter arbeitete im Gegensatz zu Hummel und Riesle am liebsten alleine. Nicht nur im Stall bei seinen Tieren und auf dem Feld war das so. Der Nebenerwerbslandwirt war felsenfest davon überzeugt: Seine Wurst, sein Fleisch und seine Milch schmeckten nur so gut, weil er allein Hand anlegte und keinen anderen Metzger oder gar einen Schlachthof daran werkeln ließ. EU-Richtlinie hin oder her. »Vom kleine Kälble bis zum Schlachte« lautete sein Motto als Viehzüchter.

Auch bei der Kripoarbeit hatte er gelegentlich das Gefühl, allein die besten Resultate zu erzielen. Dabei war Winterhalter durchaus fähig zu Teamwork. Und mit dem Kollegen Müller verstand er sich meist ganz gut. Allerdings hatten sie gelegentlich unterschiedliche kriminalistische Auffassungen. Für Müller zählten nur die Fakten: Alibis, Spurenträger, Beweismittel. Auch für Winterhalter spielten diese Dinge natürlich eine Rolle – andernfalls wäre er wohl kaum bei der Kripo gelandet. Aber mindestens genauso wichtig war ihm Menschenkenntnis. Er glaubte, diese von seiner verstorbenen Großmutter Elisabeth geerbt zu haben. Eine ausgezeichnete Beobachtungsgabe und eine innere Gelassenheit waren seines Erachtens die Grundlage dafür. Bei Großmutter Liesel hatte diese vermutlich aus der tiefen Frömmigkeit hergerührt, von der auch Winterhalter noch einiges mitbekommen hatte.

Selten hatte sich der Hauptkommissar in seinem Leben in Menschen getäuscht. Seine Frau war dafür das beste Beispiel. In den siebenundzwanzig Ehejahren hatte er keinen Augenblick lang sein Jawort bereut. Im Gegensatz zu manchem Kollegen und dessen verkrüppelten Beziehungen stellte sich die Frage Winterhalter gar nicht. Magda war ein Teil von ihm – so etwas wie ein gut funktionierendes Organ. Und das tauschte nur ein Lebensmüder aus.

Auch was die Ehefrau des ermordeten Mielke anbelangte, war Winterhalter überzeugt, sich ein treffendes Urteil über sie gebildet zu haben: Er glaubte an ihre Unschuld. »Die hät kei Dreck am Stecke – zumindescht keinen tödliche«, hatte er dem diesbezüglich skeptischen Müller erklärt.

Gut, die Ehe war ziemlich sicher am Ende gewesen, und dass Frau Mielke nicht damit herausrücken wollte, wer bei ihr am besagten Mordabend im Haus gewesen und durch den verschneiten Garten geflüchtet war, schien vordergründig verdächtig.

Aber eine Mörderin? Nein.

Er würde das mit dem unbekannten Gast schon noch herausfinden – und sei es in einem Vieraugengespräch. Man musste sich eben auf das Gegenüber einlassen, wenn man etwas wollte. Dies betraf einen Menschen ebenso wie ein Tier. Brachte man Einfühlungsvermögen auf, wurde man belohnt. Im einen Fall mit einem Geständnis oder einem Motiv, im anderen Fall mit Milch.

Müller fehlten diese Sensibilität und die Menschenkenntnis.

Der Kollege war eben ein Kripotechnokrat, der mehr Wert auf Kleidung als auf die Zwischentöne legte. So verstand er auch nicht, dass es hierzulande für einen Kriminalbeamten im Dienst kein Zeichen von Rückständigkeit war, Dialekt zu sprechen, sondern dass man nur so in der Mitte der Gesellschaft ankam.

Winterhalters Menschenkenntnis funktionierte meist auch bei Leuten, die er gar nicht persönlich gekannt hatte. Besonders bei einem Mordopfer war dies von Vorteil, denn da musste man ja retrospektiv ein fundiertes Bild von dem Menschen entwerfen. Häufig war dies auch der Schlüssel zum Erfolg bei der Ermittlung des Täters. Sozusagen eine ganz bodenständig-natürliche, schwarzwälderische Art des »Profiling«.

Und nach dem, was Winterhalter über das Mordopfer Mielke bisher in Erfahrung gebracht hatte, verfestigte sich zunehmend ein Bild, dass dieser nicht nur ein zügelloses und eher selten von Arbeit geprägtes Leben geführt hatte, sondern auch eines voller Risiken. Er hatte sich in die Spieler- und Rotlichtszene verstrickt, hatte hohe Schulden angehäuft und sich vermutlich mit Leuten eingelassen, von denen man sich besser fernhielt.

Nach dem Casinobesuch und dem Eishockeyspiel in Ravensburg hatte Winterhalter mehrfach mit Kollegen »vom See« telefoniert. Und die hatten ihn auf eine interessante Spur gebracht: Nicht nur die Spieler- und die Rotlichtszene waren um den Bodensee herum stark miteinander verstrickt. Auch die Rockerszene spielte eine wichtige Rolle. Die Motorradgang »Blue Heroes« besaß einige einschlägige Lokale oder leistete Türsteherdienste für andere. Sie war für ihre mitunter unorthodoxen, teilweise brutalen Methoden bekannt. Auch in den diversen Spielcasinos waren die »Blue Heroes« regelmäßig zu Gast und hatten das ein oder andere Mal schon für Probleme gesorgt. Besonders wenn sie auf ihre Rivalen trafen – die »Silver Bulls«.

Mit denen hatten sich die »Blue Heroes« in der Vergangenheit schon mehrere gewalttätige Auseinandersetzungen geliefert. Eine hatte sogar in einer Schießerei vor einem bekannten Konstanzer Bordell gegipfelt.

Die Kollegen vom See hatten Winterhalter gewarnt, sich nicht allein in eines der Lokale der Rockerszene zu begeben. Doch der Schwarzwälder Beamte war zum einen schicksalsergeben und zum anderen davon überzeugt, mit seinem vielleicht manchmal etwas direkten, aber doch immer menschlichen Auftreten stets etwas Positives zu erreichen – und dies, ohne sich selbst in ernsthafte Gefahr zu bringen. »Deeskalationsfördernd« hätte er gesagt, wenn er solche Worte gebraucht hätte. Wäre er gleich mit mehreren, womöglich auch noch uniformierten Beamten dort aufgetaucht, hätte man das sofort als Provokation empfunden. Also hatte er Müller und den Kollegen zunächst nichts von seiner Recherche gesagt.

Es war wirklich alles eine Frage der Menschenkenntnis.

Als er an die stählerne Tür des schäbigen Gebäudes in dem Singener Stadtteil pochte, hatte er wieder sein traditionelles Outfit gewählt: Filzhut, Kniebundhose, dicke Strümpfe, klobige Wanderstiefel und dazu eine graue, rustikal anmutende Strickjacke mit Trachtenknöpfen. Er hätte an diesem Abend auch eine alte Motorradlederhose aus seiner Jugendzeit anziehen können, doch hätte er dies als unangemessene Anbiederung empfunden.

Mal abgesehen davon, dass diese ihm sicher nicht mehr gepasst hätte …

Sein Blick schweifte hinüber zum höchsten Kegel der Hegauer Vulkanberge, dem mächtigen Hohentwiel, dessen Umrisse sich schön im nächtlichen Mondlicht abzeichneten. Sogar die Konturen der Burgruine konnte man erahnen.

Er atmete tief durch. Die Luft im Schwarzwald schmeckte besser, war klarer und trockener als die Singener Luft – wenn auch die Temperatur hier wärmer und erträglicher erschien.

Winterhalter hatte nicht nur kriminalistisch ein feines Näschen. Jetzt erspürte er einen feinen Geruch von Industrieabgasen, die eine Verbindung eingingen mit Maggikräutern, die in der Stadt verarbeitet wurden, sowie mit der feuchten Luft, die vom Bodensee herüberzog. Es war – das musste er zugeben – eine durchaus interessante Note. Den Duft seiner Schwarzwaldfichten oder seiner Tiere zog er aber allemal vor.

»N'Obed«, grüßte er den dicken, unrasierten Kopf, der ihn durch das kleine Fensterchen anstarrte. »Winterhaalder, Kripo Villinge-Schwenninge. I hät do emol e paar Frage an euren Chef.« Winterhalter reichte seinen Dienstausweis hinein und setzte sein Lausbubenlächeln auf. Seine Backen leuchteten rot – nicht vor Aufregung, sondern weil sie ein Markenzeichen des kernigen, gesunden Schwarzwälder Naturburschen waren.

Der Dicke musterte ihn von oben bis unten.

»Kripo VS? Was macht ihr denn hier unten am See? Und um was geht's, du Spaßvogel?«

»Sie hän's viellicht g'hört. In Schwenninge isch en Ma' im Eisstadion erschosse wor'e. Des Opfer soll i de Rotlichtszene am See verkehrt habe. Un i wollt Sie frage, ob Sie den Ma' kennet.« Er reichte dem Dicken ein Foto von Mielke durch das Fensterchen, das er von der Ehefrau bekommen hatte.

Mielke wirkte darauf, als hielte er sich für unwiderstehlich. Fast schon gockelhaft.

»Moment mal«, schlug der Dicke weiter einen eher unfreundlichen Ton an, zog das Fensterchen zu und verschwand mit Dienstausweis und Opferfoto.

Winterhalter schaute sich um. Die Umgebung war trostlos. Sollten die »Blue Heroes« wirklich ihr Geld mit Prostitution und Zuhälterei verdienen, dann versteckten sie ihren Reichtum sehr gut. Das Gebäude, in dem sich das Clublokal befand, sowie die umliegenden Bauten waren allenfalls bessere Baracken. Einzig das Schild »Blue Heroes – Chapter

Lake Constance« machte einen gepflegten, sauberen Eindruck. Ein aggressiv dreinblickender blauer Seeadler prangte am Ende der Leuchtschrift auf weißem Grund. Offenbar das sogenannte Colour. Winterhalter hätte dazu »Maskottle« gesagt.

Auch die Armada an Motorrädern auf dem Parkplatz – durchweg Chopper – machte einen durchaus gepflegten Eindruck.

Noch zwei Delikte, mit denen die »Blue Heroes« öfter in Verbindung gebracht wurden, hatten Winterhalters Konstanzer Kollegen erwähnt: Erpressung und Menschenhandel. Bei dem Gedanken wurde ihm dann doch etwas mulmig. Hatte er sich überschätzt? Tiere waren nun mal berechenbarer als Menschen …

Mit einem dumpfen Schlag öffnete sich die schwere Tür. Ähnlich dem Vulkanberg Hohentwiel zeichnete sich eine massige Gestalt vor ihm ab. Das grelle Neonlicht, das durch den Eingang auf den Parkplatz flutete, blendete Winterhalter. Er brauchte einige Sekunden, um mehr als nur den massigen Schatten zu sehen. Als sich seine Augen an das Gegenlicht gewöhnt hatten, erkannte er einen Rocker, der wohl unbedingt dem Klischee entsprechen wollte. Lange, zottelige Haare, ein unrasiertes Doppelkinn, die obligatorische Kutte, die mit mehreren Abzeichen bestickt war, sowie kräftige, tätowierte Oberarme.

»He, Bulle, stehen wir mal wieder unter Generalverdacht?«, raunzte ihn der Rocker an. »Sucht ihr wieder mal einen Sündenbock für einen Mord? Du kannst deinen Leuten jetzt sagen, dass sie sich nicht mehr verschanzen müssen. Sie können ruhig aus ihren Verstecken herauskommen. Wir werden keinen Widerstand leisten. Denn wir haben ein reines Gewissen.«

»Aha: Un welche Leut meinet Sie denn?«, fragte Winterhalter.

»Na, deine Kollegen vom Mobilen Einsatzkommando natürlich. Du bist doch sicher nur der Lockvogel mit schussicherer Weste, der uns herauslocken soll. «

»Schusssichere Weschte hab i keine. Und i bin natürlich allei! I wollt mich doch nu mit Ihne unterhalte. «

Gelächter drang aus der Baracke. Jetzt erkannte Winterhalter, dass der » Oberrocker«, wie er ihn geistig nannte, alles andere als allein war. Im Hintergrund stand ein Dutzend gestandener Rocker, ebenfalls mit Kutte und langen Haaren. Der Oberrocker war allerdings der stattlichste von allen.

»So so, Bulle. Du willst dich also nur mit mir unterhalten. Und das ist bestimmt keine Falle? Du willst uns diesen Mord also nicht anhängen wie neulich deine Konstanzer Kollegen? Die standen nämlich nach diesem Taximord bei uns bis an die Zähne bewaffnet vor der Haustür. «

»Nei, nei, i bin wirklich ganz allei. Und mir verdächtige Sie überhaupt nit. I hab mir nu denkt, dass Sie sich jo gut i de Szene auskenne. I hab Sie au neulich zufällig vor dem Casino g'sehe. Viellicht könnet Sie uns helfe? Darf ich Sie nach Ihrem Name frage? I bin jo selber Biker. «

Der dicke Rocker lachte. »Du bist ja ein drolliger Typ. Du darfst mich ›President‹ nennen! «

»Wie de Obama? «

Die Rocker grinsten.

»Genau, wie der«, schmunzelte der Bandenchef. Er musterte Winterhalter, schaute auf seine Kniebundhosen, dann auf sein Trachtenjäckchen und schließlich auf den Filzhut Marke Seppl.

»Ist das, was du anhast, die neue Uniform der Schwarzwaldpolizei? «

Wieder drang schallendes Gelächter aus der Baracke.

»Nei, i bin ganz in Zivil do«, entgegnete Winterhalter und atmete durch. »Darf i für e Momentle zu Ihne nei'komme? «

Ihm war durchaus bewusst, dass er einigermaßen naiv

rüberkam. Allerdings musste er das jetzt durchziehen. Vielleicht bekam er ja tatsächlich mehr heraus, wenn diese Typen ihn unterschätzten ... Und gegenüber Naiven war die Stimmung im Normalfall auch nicht so aggressiv.

Richtig: Zuerst lachte der »President«, dann wieder die anderen Rocker.

»Du machst uns vielleicht Spaß. So einen Bullen wie dich habe ich ja noch nie getroffen. Normalerweise will man bei uns so schnell wie möglich raus. Und du willst wirklich rein. Und das auch noch ganz mutterseelenallein.«

Der »President« mimte eine gefährlich anmutende Grimasse.

»I versichere Ihne, Herr Präsident. I hab wirklich keine Vorurteile gege Rocker.«

Übertrieb er nun? Egal.

»Na dann.« Der Chef der Rockerbande trat zur Seite. Die anderen bildeten eine Gasse, als würden sie für den Kriminalbeamten Spalier stehen.

Winterhalter trat über die Türschwelle. Das Innere des Clubheims wirkte zur Überraschung des Kommissars sauber und im Gegensatz zur äußeren Fassade alles andere als verwahrlost. Die Wände waren in den blau-weißen Clubfarben getüncht. Die Rocker hatten ein Tarnnetz unter die hohe Decke gehängt, wohl um dem Raum etwas mehr Charakter zu verleihen. Letzteres wurde auch dadurch unterstrichen, dass Motorradkennzeichen aus aller Herren Länder sowie diverse Wappen befreundeter Motorradclubs und unzählige Fotos die Wände pflasterten. Besonders auffällig war eine Reihe größerer Porträtaufnahmen von Rockern, die mit »In Memory of« überschrieben war. Offenbar gedachte der Club hier verstorbener Mitglieder.

»Moment mal«, rief der »President« plötzlich laut und riss Winterhalter aus seinem visuellen Streifzug. »Auch wenn du harmlos wie ein Schwarzwälder Eichhörnchen wirkst:

Zuerst müssen wir bei dir eine Leibesvisitation vornehmen. Dafür hast du doch sicher Verständnis. Reine Sicherheitsmaßnahme.«

Winterhalter blieb ganz ruhig. »Aber selbstverständlich. I hab nix zu verberge.«

Der Rocker, der Winterhalter abtastete, fand nichts außer einer alten schrammeligen Metalldose, die er aus der Seitentasche der Strickjacke zog. »Und was ist das?«, fragte der Rocker, der ihn durchsuchte.

»Des isch mei Speckveschper.«

Wieder schallendes Gelächter der Rockerbande – diesmal noch lauter.

»So so, dein Speckvesper hast du also auch mit dabei. Könntest uns vielleicht was davon abgeben«, scherzte der Bandenchef.

»Des wär prinzipiell kei Problem. I hab en Baurehof im Schwarzwald. Mir schlachtet alles selber. Mir habe nu Spitzequalität und au en kleine Hoflade. Wenn Sie mit ihre Leut villicht mol vorbeikomme wollet. Landschaftlich wär's für Sie au e schöne Route.«

Diesmal bekamen die Rocker kaum Luft vor Lachen.

»Du bist mir wirklich ein Spaßvogel«, sagte der »President«. »Ein Kripobeamter, der nebenher einen Bauernhof hat, wie ein Wandervogel herumläuft, sein Speckvesper dabei hat und in einem Kauderwelsch daherredet, dass einem fast das Trommelfell platzt. Hättest du mir deinen Ausweis nicht gezeigt« – er wedelte mit Winterhalters Dienstausweis hin und her, gab ihn dann aber dem Kommissar zurück –, »ich hätte nie und nimmer geglaubt, dass du einer von den Bullen bist. Und entschuldige die Leibesvisitation. Aber bei uns läuft es nach unseren Regeln ab. Vernünftige Regeln, wohlgemerkt. Wir sind eben Ehrenleute.«

Winterhalter grinste in sich hinein. Das lief doch gar nicht schlecht. Mit seiner entwaffnenden Art hatte er die Rocker besänftigt. Es hatte sogar den Anschein, dass sie ihn ein wenig mochten. Also ran an den Speck.

»Darf i Ihne jetzt e paar Froge stelle?«, sagte Winterhalter und zückte einen kleinen Notizblock aus der Seitentasche seiner Kniebundhose. Ein abgestumpfter kurzer Bleistift steckte seitlich in einem Halfter. Er befeuchtete die Bleistiftspitze mit seiner Zunge.

»Kennet Sie den Ma'?«, begann Winterhalter die Vernehmung und zeigte auf das Foto, das einer der Rocker auf dem Bartresen abgelegt hatte.

»Mielke, en Lehrer aus Villinge, wurde im Eisstadion in Schwenninge während em Eishockeyspiel erschosse. Sie hän's vielleicht i de Zeitung g'lese. Der Mielke war jedenfalls Spieler, öfter im Casino Konstanz und offenbar au i de Bode'see-Rotlichtszene aktiv.«

»Nicht gerade ein Charakterkopf. Viel zu glatt – ein Schönling«, sagte der Bandenchef, nachdem er Winterhalter für einen Augenblick den Rücken zugedreht hatte, um sich seine Bierflasche und das Foto vom Bartisch zu nehmen.

Der Kommissar registrierte das große Emblem auf der Rückseite der Kutte: der Seeadler auf weißem Grund mit dem Schriftzug der Rocker. Blau-Weiß – dieselben Farben wie die des Schwenninger sowie des Ravensburger Eishockeyclubs. Könnte das vielleicht bei dem Mord eine Rolle spielen?

»Hm. Kenne ich nicht, könnte ich vielleicht aber mal gesehen haben. Na ja, wenn er ein regelmäßiger Spieler war. Wir verspielen auch ganz gerne ein paar Kleinkröten in Konstanz.«

Der Bandenchef grinste Winterhalter breit an und reichte das Foto an die anderen Rocker weiter. Es wanderte durch die Reihen. »Kennt ihr den?«

Einer nach dem anderen schüttelte den Kopf. Die einen lauernd, die anderen amüsiert.

Winterhalter überlegte: Hatte er vorhin das Casino Konstanz überhaupt erwähnt? Woher wusste der Bandenchef, dass Mielke dort regelmäßig verkehrte? Immerhin gab es doch noch das Casino Lindau, das Casino Bregenz und mittlerweile auch Spielbanken in der benachbarten Schweiz. Er schwieg aber lieber, um die Gesprächsatmosphäre nicht zu gefährden. Er wollte sich lieber nicht vorstellen, wie die Bande reagierte, wenn man sie provozierte.

»Sonst noch was?«

»Dieser Mielke hat offenbar en Haufe Spieschulde g'habt. Wo leiht mer sich denn i de Rotlichtszene und im Spielermilieu Geld?«

»Also in der Rotlichtszene kennen wir uns nicht ganz so gut aus. Das ist mehr das Metier unserer lieben ›Bulls‹-Brüder. Wir verdienen unser Geld hauptsächlich mit seriösen Sicherheitsdienstleistungen.«

»Ihre liebe Brüder?«, fragte Winterhalter arglos.

»Das war eher scherzhaft gemeint.«

»Sicherheitsdienschtleischtunge? Also Leibwächter?«, fragte Winterhalter.

»So ähnlich«, meinte der Bandenchef und nickte.

»Gibt's denn Gläubiger i de Szene, die vor nix zurückschrecke? Die also viellicht au G'walt a'wende, wenn einer nit zahlt?«

Die Rocker grinsten sich gegenseitig an.

»Was däte Sie mache, wenn Ihne jemand viel Geld schuldet und nit zahle will oder kann?«

Die Frage war vielleicht einen Tick zu forsch formuliert.

»Na, na, Herr Kommissar. Ich sag mal so: Wenn einer nicht zahlen kann, dann würden wir mit uns reden lassen. Wenn einer nicht zahlen will, dann würden wir bestimmt ungemütlicher werden. Aber sicher würden wir überzeugende Methoden finden. Ohne Blut, versteht sich.«

Wieder warfen sich die Rocker vielsagende Blicke zu.

»Aber für unsere ›Bulls‹-Brüder würde ich meine Hand nicht ins Feuer legen. Die schrecken vor nichts zurück – auch nicht vor einem Mord«, sagte der Chef.

»Genau, ›President‹.« Ein anderer Rocker hatte sich eingemischt. »Auf dich haben sie sogar schon einen Anschlag verübt.«

»Aha, dann habet Sie doch bestimmt Strafanzeige g'stellt?«, fragte Winterhalter.

»Natürlich haben die das so angestellt, dass man ihnen nie etwas hätte nachweisen können. Sie haben meine Maschine manipuliert. Plötzlich hat sie blockiert. Zum Glück habe ich mich nur leicht verletzt.«

»Kennet Sie Häringer?«, erkundigte sich Winterhalter. »Den Puff… i mein, den Bordellbesitzer aus Blumberg?«

»Klar kennen wir den. Ein guter Mann – ehrlich, respektvoll. So wie wir. Er nimmt öfter unsere Sicherheitsdienstleistungen in Anspruch und zahlt immer pünktlich. Wieso fragst du nach ihm?«

Winterhalter blieb konsequent beim Sie, obwohl ihn der Rockerchef permanent duzte. Er hatte sich über die Rockerszene und ihre Werte grob eingelesen.

Bestimmt empfand der »President« diese Höflichkeitsform als respektvoll.

»De Herr Mielke soll öfter in de Etablissements vom Herr Häringer verkehrt habe«, erläuterte Winterhalter. »Er isch jetzt nit direkt tatverdächtig. Aber Sie müsset verstehe, dass mir in alle Richtunge ermittle müsse.«

»Natürlich auch in unsere Richtung«, mischte sich jetzt ein kleinerer, untersetzter »Hero« ein.

»Nei, nei«, beeilte sich Winterhalter zu betonen. »Bei Ihne gibt's jo überhaupt kei Anhaltspunkte.«

»Na, dann ist's ja gut«, sagte der Bandenchef und ließ eine Spur von Ungeduld in seinem Blick erkennen.

Winterhalter registrierte dies sofort. »Meine Herre, i darf

mich empfehle. I dank Ihne, dass Sie mir Ihre Zeit g'schenkt habe. Die Pflicht ruft.«

»Ja, ja, auch die Pflicht im Stall, nicht wahr?«, meinte der Bandenchef grinsend, woraufhin die Rocker wieder in Gelächter ausbrachen.

»Dafür, dass du so ein Kauderwelsch sprichst, kannst du dich aber ganz schön höflich ausdrücken. Normalerweise verhalten sich deine Kollegen uns gegenüber nicht so freundlich.«

»Des isch doch keine Frage der Berufsgruppe. Gute und Schlechte git's jo überall. Auch bei uns Polizischte«, sagte Winterhalter. Er tippte sich an den Filzhut, ließ sich von einem der Rocker die schwere Tür aufhalten, marschierte über den Parkplatz und versetzte die Bande ein letztes Mal in Erstaunen.

Er hatte seinen alten Harley-Davidson-Chopper aus der Scheune geholt, mit dem er in jungen Jahren durch den Schwarzwald getuckert war.

»Schicke Maschine«, sagte der »President«. »Damit könntest du bei uns glatt als ›Supporter‹ mitfahren. Allerdings müssten wir da noch an deiner etwas ungewöhnlichen Kleidung feilen.«

»Na ja, vielleicht kommst du ja wieder als ›Hangaround‹«, mischte sich der untersetzte Rocker nochmals ein.

»Als wa?«, fragte Winterhalter.

»Jemand, der öfter bei uns rumhängt, also ein Anwärter ist. War nur ein Scherz. Andererseits: Einen Bullen haben wir erstaunlicherweise noch nicht bei unseren Brüdern. Das brächte ja sicher gewisse Vorteile«, sagte der Bandenchef.

»Wobei i als Bulle vum Name her ja eher zu dene ›Bulls‹ passe würd …«, sagte Winterhalter.

Das war sein einziger Fehler. Sofort verfinsterten sich die Mienen, Muskeln spannten sich an, und die Augen mehrerer »Heroes« verformten sich zu Schlitzen.

»Meinst du das ernst?«, fragte der »President«.

Scherze verstand man hier ganz offensichtlich nicht. Zumindest nicht, wenn es um die verfeindete Motorradgang ging.

»In keinschter Weise«, bemühte sich Winterhalter zu versichern. »Entschuldiget Sie.«

Schnell stieg er auf.

»Also dann.« Diesmal tippte er sich an den Jethelm, den er auf dem Sitz abgelegt hatte. Der Filzhut befand sich wieder in seinem grauen Wanderrucksack.

»Ruf Häringer an«, befahl der »President« seinem »Security Chief«, als Winterhalter mit tuckerndem Auspuffgeräusch in Richtung Hegau davonfuhr.

13. AM UFER DER BRIGACH

Fast zur gleichen Zeit, als Winterhalter mit seinem Motorrad der kühlen Schwarzwaldluft entgegenfuhr, parkte Klaus seinen Kadett in der Brigachstraße nahe der Villinger Innenstadt.

Auch wenn jemand vor ein paar Jahren mal eine Statistik veröffentlicht hatte, nach der Villingen-Schwenningen über die größte Gaststättendichte Deutschlands verfügte: Sofern nicht Wochenende war, blieb die Zahl der Kneipengänger eher überschaubar.

Das galt auch für das Bistro, in dem es an diesem Abend wahrlich nicht schwer war, einen Platz zu finden. Hubertus und Klaus entschieden sich für die hohen Tische direkt an der Bar. Dort erhielt man einen besonders schnellen Nachschub an Getränken.

»Ich weiß nicht«, meinte Klaus, als das erste Bier vor ihm stand, »so richtig kommen wir in der Sache nicht weiter.«

Hubertus nickte. »Häringer schien wirklich keinen zwingenden Grund zu haben, Mielke ermorden zu lassen – oder?«

»Vielleicht wollten Suney und Mukmin aussteigen, und Mielke wollte ihnen dabei helfen.«

Besonders überzeugt klang dies jedoch nicht. Die Mädchen hatten nicht unbedingt den Eindruck gemacht, als seien sie verzweifelt.

Plötzlich musste Klaus grinsen. »Der Schnurrbart sieht ohnehin schon bescheuert genug aus – du musst ihn nicht auch noch in Bier tränken.«

Hubertus erschrak, riss sich das gute Stück, an das er sich schon gewöhnt hatte, ab und sah sich verstohlen um. Nein, glücklicherweise war niemand da, der ihn kannte.

»Vielleicht sollten wir uns doch noch mal Willy vornehmen«, schlug Klaus etwas ratlos vor, als das breite Grinsen wieder aus seinem Gesicht verschwunden war. Er bestellte einen kleinen Wurstsalat und meinte dann: »Kennst du eigentlich Mielkes Frau?«

Hubertus rieb sich die Stelle, an der der Bart so gut gehaftet hatte und die sich jetzt schon fast nackt anfühlte, und nickte. »Ich habe sie ein- oder zweimal gesehen. Du hast schon recht, wir müssen sie auch befragen. Aber damit sollten wir warten, bis ihr Mann beerdigt worden ist. Pietät nennt man so was.«

Klaus runzelte die Stirn: »Pietät, Pietät. Schließlich geht es hier um Mord!« Er überlegte. »Wenigstens in der Beziehung haben diese Kommissare sicher einen Vorsprung. Ich nehme doch mal an, dass sie ihr bereits einen Besuch abgestattet haben – zumindest, um ihr die Todesnachricht zu überbringen.«

Sie drifteten zum Thema Eishockey ab, fieberten gemeinsam dem letzten Spiel entgegen und wogen Für und Wider einer Ravensburger Verstrickung in den Fall ab. Klaus zog das zerknitterte Phantombild des Unbekannten, der Ziegler von der Affäre zwischen Mielke und Kirk Willys Frau erzählt hatte, aus seiner Hosentasche.

»Meinst du, ich soll noch mal mit Frau Willy sprechen?«, fragte er zögerlich. »Vielleicht hat sie ja Kontakte zum Rotlichtmilieu ... Oder zum Casino.« Er blickte Hummel an und trank das Bier in einem Zug aus. »Gelangweilte Spielerfrau«, konstruierte er dann. »Geht ab und zu mal ins Casino, trifft dann Mielke, beginnt eine Affäre mit ihm ...«

Hubertus wog zweifelnd den Kopf und schaute auf den im Eingangsbereich des Lokals hängenden Fernseher, der in den Siebzigerjahren viel Aufsehen erregt hatte: Man konnte mit ihm vier Programme gleichzeitig schauen. Das Hauptprogramm auf dem großen Monitor und darunter in Miniatur drei weitere Sender. ARD, ZDF, Südwest 3 – und dann war in Ermangelung weiterer deutscher Programme schon die Schweiz eingestellt gewesen. Heute gab es zwar Hunderte von Sendern, aber der Fernseher befand sich schon seit Jahren im Ruhestand. Auch das gesamte Bistro, so munkelte man, würde in absehbarer Zeit schließen müssen. Die Alten ließen sich immer seltener hier sehen, die Jungen gingen vielfach zum Studieren in die Metropolen, und die ganz Jungen hatten andere Etablissements auserkoren – sah man mal von Martina und ihren Früchtchen ab ...

Auch Hubertus fühlte sich plötzlich alt und müde. Und melancholisch. So sehr, dass er jetzt nicht über den Fall reden wollte. Er legte Klaus (»zu deiner eigenen Sicherheit«) lediglich kurz nahe, Frau Willy vorläufig nicht mehr zu belästigen – zumindest nicht bis nach dem entscheidenden Spiel.

Da Klaus unbedingt mit dem Fall weiterkommen wollte, verabredeten sie sich nach längerem Hin und Her für den nächsten Tag zu einem Besuch bei Frau Mielke in Pfaffenweiler.

Hubertus gähnte. Er musste nach Hause. Schließlich waren noch Stundenvorbereitungen für die Klasse, die er zusätzlich übernommen hatte, zu tätigen.

»Ich glaub, ich muss dich jetzt allein sitzen lassen«, sagte er.

Doch auch Klaus hatte keine rechte Lust mehr. Nicht mal von Edelbert war etwas zu sehen. Wahrscheinlich triezte er seine Schauspieler bei den Proben wieder bis spät in die Nacht.

Sie zahlten und verließen das Bistro. Es war kurz nach halb zwölf. Die Niedere Straße war menschenleer. Nur die aufgehäuften Berge von vereistem Altschnee glitzerten im fahlen Schein der modernen Straßenlaternen.

Einige Minuten später standen sie wieder am Kadett.

»Klausi«, meinte Hubertus, »lass uns die Sache mit Frau Mielke ein wenig verschieben. Ich habe ja schließlich noch einen Beruf und andere Dinge zu erledigen.«

»Psssst!«, machte Klaus. »War da nicht was?«

»Genau, der Wind. Lass uns nach Hause fahren.«

Doch Klaus brachte ihn mit einer Handbewegung zum Schweigen. »Das war ein Stöhnen.«

»Ein Stöhnen hast du allenfalls im Bordell hören können«, scherzte Hummel müde.

Riesle beachtete ihn nicht mehr. Er lief die wenigen Meter in Richtung der Brigach – des Flüsschens, das Villingen durchzog.

Hubertus schlug die Autotür wieder zu und folgte ihm.

Auf dem Hosenboden rutschten sie die steile Böschung hinunter.

Unten lag ein Mann in völlig durchnässter Kleidung, der immer noch leise vor sich hin stöhnte.

»Sicher ein betrunkener Obdachloser, der in die Brigach gefallen ist«, mutmaßte Hubertus. »Lass mich mal machen. Der erfriert ja bei dieser Kälte.«

Hummel beugte sich fachmännisch über den Mann.

Schließlich hatte er eine Ausbildung als Rettungshelfer, die er damals, vor gut fünfundzwanzig Jahren, während seines Zivildienstes beim Malteser-Hilfsdienst absolviert hatte.

Das Problem war nur: Die meiste Zeit war Hubertus im Behindertenfahrdienst tätig gewesen. Die echten Notfälle hatten sich an einer Hand abzählen lassen – und auch da war er lieber im Hintergrund geblieben.

Starke Erinnerungen an Blaulicht und Martinshorn hatte er hauptsächlich von seinem ersten Zivitag. Damals hatte ihm ein Kollege ein kleines Gießkännchen in die Hand gedrückt und ihn gebeten, die Blaulichtflüssigkeit auf dem Krankenwagen nachzufüllen. Als er tatsächlich versucht hatte, auf den Wagen zu klettern, um am Blaulicht herumzuschrauben, hatte er schallendes Gelächter geerntet. Ein dummer Scherz für Neulinge.

»Hallo, hören Sie mich?«, sprach er den Mann an. Als der, nun offenbar bewusstlos, nicht einmal auf ein paar leichte Backpfeifen von Klaus reagierte, meinte Hubertus: »Stabile Seitenlage« und versuchte, die Gestalt umständlich umzubetten.

»Blödsinn!«, sagte Klaus. »Fass mal mit an.«

Gemeinsam schleppten sie den Bewusstlosen die kleine Böschung hoch bis zum Auto. Die beiden sahen sich den Ohnmächtigen, der am Kopf blutete, einmal genauer an. Eigentlich wirkte er gar nicht wie ein Obdachloser. Er hatte kurze blonde Haare, schien gepflegt zu sein und trug eine Barbour-Jacke, darunter ein Sweatshirt und schwarze Jeans.

Hubertus beugte sich nochmals über ihn. »Nach Alkohol riecht er auch nicht.«

Er versuchte, den Puls zu fühlen. Klaus hatte in der Zwischenzeit schon sein Handy herausgezogen und den Rettungsdienst angerufen.

Besonders weit hatte es der Rettungswagen Villingen 1/83/1 nicht von der Zentrale bis zur Brigachstraße. Der Zivildienstleistende auf dem Beifahrersitz freute sich: Endlich mal ein bisschen Action. Er genoss diese Fahrten, war nicht wie diese anderen Weicheier, denen das Herz immer bis in die Haarspitzen pochte. Das Einzige, was störte, war das bei dieser Kälte viel zu dünne Weißzeug, das er tragen musste.

»Bewusstlose Person an der Brigach«, hatte der Funkspruch der Leitstelle gelautet. Das konnte ja was werden.

»Vergiss die Handschuhe nicht«, rief ihm der den Wagen lenkende hauptamtliche Rettungssanitäter zu, als sie mit Blaulicht – und wegen der Uhrzeit ohne Martinshorn – in die Friedrichstraße einbogen.

Er nickte und sprang kurz darauf aus dem Wagen in die Kälte, um zu erstarren. Neben einer Gestalt am Boden stand ein dicklicher Kerl in Moonboots: der Mann, der ihn etwa sechzig Stunden zuvor in der Südstadt bei Martina vor die Tür gesetzt hatte.

Dieser schien nicht weniger erstaunt, machte aber keine Anstalten, wieder auf ihn loszugehen, sondern tat so, als würde er ihn nicht kennen.

Der mittlerweile ebenfalls eingetroffene Notarzt verfügte die umgehende Einweisung in die Klinik. Von seinem Fachkauderwelsch verstand Hubertus rein gar nichts, außer, dass der Mann offenbar stark unterkühlt war und eine tiefe Platzwunde am Kopf hatte.

»Haben Sie den Mann gefunden?«, erkundigte sich der Arzt bei Klaus.

»Ja. Er lag unten am Bachufer. Wir haben ihn hochgeschleppt.«

Der Notarzt schüttelte den Kopf: »Sie hätten ihn mal besser dort unten gelassen und gewartet, bis wir kommen. Was wäre gewesen, wenn er sich beim Sturz in die Brigach eine Wirbelsäulenfraktur zugezogen hätte?«

Klaus war um eine Antwort nicht verlegen: »Hören Sie, mein Freund ist Rettungshelfer. Der wusste schon, was er tat.«

Hubertus errötete, was man bei dem schummrigen Licht zum Glück nicht sah. Wie konnte ihm bloß so ein Schnitzer unterlaufen?

Kurz darauf traf ein Polizeiwagen ein. Hummel und Riesle beantworteten wahrheitsgemäß, aber etwas kurz angebunden alle Fragen.

Nein, sie kannten den Mann nicht.

Ja, man sei nur zufällig vorbeigekommen.

Nein, der Mann habe seinen Namen nicht genannt.

Nein, man wisse nicht, wie lange er an der Brigach gelegen habe.

Nein, auch nicht, ob er sich zuvor im Wasser befunden habe.

Schließlich wurden noch die Personalien der Freunde aufgenommen, ehe sie gehen durften.

»Sag mal«, meinte Klaus, als er den Kadett die Kalkofenstraße hochlenkte, »war nicht dieser jüngere Sanitäter Martinas Verehrer aus dem Bistro?«

Hubertus knurrte.

»Weißt du, warum ich das frage?«

Hummel zuckte mit den Schultern.

»Weil der uns möglicherweise helfen kann. Wir sollten uns diesen Verletzten nämlich mal näher ansehen.«

»Jetzt lösen wir erst einmal den einen Fall«, sagte Hubertus. »Unser Mann an der Brigach hatte entweder einen Schwächeanfall und ist die Böschung hinuntergefallen, oder ihn hat irgendeine Jugendgang zusammengeschlagen und in die Brigach geworfen. Wahrscheinlich Letzteres. Was ich immer sage: Die Wertevermittlung funktioniert nicht mehr. Und das beginnt schon im Elternhaus. Aber dann werden immer wir Lehrer …«

Klaus unterbrach Hubertus' Vortrag, indem er ruckartig rechts heranfuhr.

»Ich bin mir nicht so sicher, dass es sich um zwei verschiedene Fälle handelt«, sagte er.

»Was?«, rief Hubertus.

»Schau mal«, sagte Klaus triumphierend und zog etwas aus seiner Tasche.

»Das fiel dem Mann aus der Jacke, als wir ihn zum Auto geschleppt haben.«

Hubertus machte große Augen. In Klaus' Hand lag ein Fünf-Euro-Jeton mit der Aufschrift »Casino Konstanz«.

14. INTENSIV

»Wie heißt denn dein Freund?«, erkundigte sich Hubertus mit mildem Gesichtsausdruck beim Frühstück.

Martina schaute ihn an, biss dann in ihr Croissant und rieb sich die Stupsnase. Wenn ihr Vater so freundlich war, führte er etwas im Schilde.

»Wieso? Willst du dich bei seinen Eltern beschweren?«, fragte sie.

»Sei doch nicht immer so misstrauisch«, meinte Hubertus. »Ich will ihn nur etwas besser kennenlernen.«

»Peter. Peter Klingler.«

»Und er ist momentan Zivildienstleistender beim Roten Kreuz – oder?«, forschte Hubertus weiter.

Martina staunte. »Hast du dich etwa schon nach ihm erkundigt?«

Hummel erzählte ihr vom Vorabend. »Ruf ihn doch mal an und frag, wie dieses Opfer heißt«, trug er ihr auf. »Klausi und ich wollen den mal besuchen.«

Martina hatte Bedenken. »Erstens hatte Peter Nachtschicht und schläft jetzt sicher, und zweitens kriegt er 'ne Menge Ärger, wenn er dienstliche Sachen an Hobbydetektive weitergibt.«

Hubertus wollte gerade etwas erwidern, als das Telefon klingelte.

Vielleicht ist er das, hoffte er. Welcher Idiot ruft sonst morgens um halb acht an?

Es war Klaus.

»Hoffentlich habe ich dich geweckt«, feixte er. »Ich habe den Namen unseres Mannes von der Brigach. Die guten Kontakte zur Polizei haben sich wieder bezahlt gemacht.«

Sie vereinbarten, am Nachmittag dem Verletzten einen Besuch abzustatten. Ob er wieder ansprechbar sei, hatte Klaus' Kontaktmann allerdings nicht gewusst. Verstorben sei er jedoch nicht, sonst hätte man das mitbekommen.

Hubertus war beeindruckt. »Wir brauchen deinen Freund gar nicht«, beschied er Martina wenig später.

Kurz nach vierzehn Uhr trafen sich Klaus und Hubertus auf dem Parkplatz des Klinikums.

Nur sein Jagdfieber hinderte Hummel daran, sich richtig unwohl zu fühlen. Er mochte keine Krankenhäuser. Der Karbolgeruch ekelte ihn, die Schicksale der dort liegenden Patienten deprimierten ihn. Und als er zu Beginn seines Zivildienstes ein Praktikum im Krankenhaus hatte absolvieren müssen, waren dies für ihn die schlimmsten Tage seines Lebens gewesen.

Er musste jedoch ohnehin nicht viel mehr tun, als Klaus hinterherzulaufen. Der fühlte sich hier seit einer Liaison mit einer Krankenschwester fast wie zu Hause – auch wenn er damals mehr Zeit im Schwesternwohnheim als auf Station verbracht hatte.

In Zimmer 634 auf der Station 6a liege der Gesuchte, hatten Klaus und Hubertus an der Pforte erfahren.

»Das ist die AVC«, erläuterte Riesle etwas großspurig.

Hummel verstand nur Bahnhof.

»AVC – die Allgemeine Viszeralchirurgie«, dozierte Experte Klaus. »Und Zimmer 634 heißt, dass der Herr Privatpatient ist.«

Kopfschüttelnd keuchte Hubertus dem Freund hinterher.

Als sie vor dem Zimmer standen, fühlten sie sich etwas seltsam.

»Wir hätten Blumen mitbringen sollen«, meinte Hummel.

»Oder wenigstens Kuchen aus dem Krankenhauscafé.«

Klaus öffnete die Tür. Nur ein Patient war in dem Zimmer – ein etwa fünfundsiebzigjähriger Mann.

»Wo ist denn Herr Gerber?«, fragte Klaus.

»Intensivstation«, murmelte der Patient. »Er wurde wieder bewusstlos.«

»Oje«, entfuhr es Hubertus. »Wie kommen wir denn da hinein?«

Klaus behielt das Heft in der Hand: »Lass das mal meine Sorge sein.«

Er führte Hummel ein Stockwerk höher auf Station 7. Dann betätigte er die Sprechanlage an der Intensivstation und sagte, wen sie besuchen wollten.

»Gehören Sie zur Familie?«, knarzte eine weibliche Stimme.

Klaus plusterte sich auf. »Ist Schwester Juliane da?«

Die Besucher hatten Glück. Sekunden später erschien Klaus' Exfreundin in der für die Intensivstation typischen blauen Arbeitskleidung an der Tür.

Sie wunderte sich zwar, bat sie dann aber herein – schließlich kannte sie die Penetranz von Klaus. Im Falle einer Weigerung hätte der vermutlich draußen eine Viertelstunde lang Sturm geklingelt.

Die beiden folgten ihr vorbei an offenen Zimmern, in denen ein, manchmal zwei Patienten in futuristisch anmutenden Betten lagen, überall verkabelt, teilweise beatmet. Das dauernde Piepsen, die Alarme und das blasebalgähnliche Geräusch der Beatmungsmaschinen ließen Hubertus sofort, wie schon damals in seiner kurzen Klinikkarriere, die Nackenhaare zu Berge stehen.

Klaus' Verflossene hielt an einem großen Tresen, von dem aus man auf einem Monitor Blutdruck, Herz- und Atemfrequenz sowie Sauerstoffsättigung aller Patienten mitverfolgen konnte, und bot ihnen an, Platz zu nehmen.

»Du bist doch sicher dienstlich hier, Klaus. Schon allein, weil du doch immer im Dienst bist.« Das war damals einer der Punkte gewesen, die zur Trennung geführt hatten.

Klaus schüttelte den Kopf und schwindelte: »Gerber ist ein Freund von uns. Können wir zu ihm?«

Juliane schüttelte bedächtig den Kopf. »Erstens ist er weiterhin nicht ansprechbar, und zweitens ist gerade seine Frau bei ihm. Kennt ihr sie?«

»Nein. Was ist ihm denn passiert?«

Nachdem Riesle Juliane hoch und heilig versprochen hatte, Informationen absolut nicht für die Zeitung zu verwerten, sagte sie: »Er ist in einem kritischen Zustand. Jemand hat ihn verprügelt und in die Brigach geworfen. Es sieht nicht besonders gut aus. Die Kripo war auch schon hier.«

Hubertus wollte gerade etwas erwidern, als eine brünette Frau von einem der Bettenplätze herausgestürzt kam und aufgeregt rief: »Schwester, mein Mann braucht Hilfe!«

Juliane sprang auf und sagte: »Ich komme, Frau Gerber!«

Hubertus' Augen sprangen fast aus den Höhlen. Wenn er sich nicht völlig täuschte, war das nicht Frau Gerber. Das war Frau Mielke!

Zehn Minuten später verließ Claudia Mielke die Intensivstation des Villinger Krankenhauses. Gerber ging es etwas besser, ansprechbar war er aber immer noch nicht.

Fast genauso wenig wie Claudia Mielke, die sich gerade mit zwei Männern herumärgern musste.

»Frau Mielke«, sagte der eine, der etwas dicker war. »Sie erinnern sich an mich. Hummel, Hubertus Hummel. Ein Kollege Ihres Mannes.«

Claudia Mielke ging schneller, erreichte den Aufzug und drückte auf den Knopf.

»Ja, guten Tag, Herr Hummel. Entschuldigen Sie, ich habe es eilig.«

Klaus schaltete sich ein: »Unser Beileid zum Ableben Ihres Mannes.«

Frau Mielke drehte sich um, schaute den Journalisten an und sagte: »Danke. Ich muss jetzt aber.«

Klaus blieb dran: »Entschuldigen Sie, Frau Mielke. Aber in welcher Beziehung standen, äh, stehen Sie zu Herrn Gerber?«

In Claudia Mielkes Kopf arbeitete es. Sie tat, was sie schon öfter getan hatte, wenn sie unter Druck stand: Sie begann zu weinen.

»Das geht Sie überhaupt nichts an«, schluchzte sie. »Bitte lassen Sie mich in Ruhe. Ich habe meinen Mann verloren.«

Hubertus sagte mit leiser Stimme: »Das wissen wir, Frau Mielke. Es tut uns sehr leid. Aber woher wussten Sie, dass Herr Gerber hier im Krankenhaus ...«

Claudia Mielke fiel ihm ins Wort: »Lassen Sie mich jetzt bitte zufrieden!«

Sie wandte sich vom Aufzug ab und stürmte die Treppe hinunter. Klaus wollte sie verfolgen, doch Hubertus hielt ihn zurück. »Lass mal.«

Als sie ein paar Minuten später im Krankenhauscafé saßen, war Riesle ein gutes Stück bei den Ermittlungen weitergekommen, während Hummel sich dem zweiten Stück Schwarzwälder Kirschtorte widmete.

»Pass mal auf, ich habe eben noch mal kurz mit Juliane telefoniert«, sagte Klaus. »Gerber ist Leiter eines Schwenninger Fitnessstudios. Entweder ist die Mielke mit dem verwandt, oder – was ich für wahrscheinlicher halte – die beiden hatten was miteinander. Auf jeden Fall hatte Gerber ihre Nummer bei sich. Leider wurde das wohl auch an die Kripo weitergegeben, sodass wir hier keinen Ermittlungsvorsprung haben.«

Hubertus stopfte sich die Kirsche in den Mund und mampfte: »Es gibt also eine Querverbindung zwischen Mielke und Gerber ...«

»Genau. Und die finden wir entweder über Frau Mielke raus oder vielleicht ...«

»... im Casino«, vervollständigte Hubertus. »Der Jeton, den du bei Gerber an der Brigach gefunden hast. Vielleicht ist das Casino der Schnittpunkt zwischen den beiden. Zumindest scheinen sie dort verkehrt zu haben.«

»Wir sollten auch in diesem Sportstudio nachfragen«, schlug Klaus vor.

Kurz darauf stand der Plan fest: Zunächst das Fitnesscenter, dann würde man am Abend nochmals nach Konstanz fahren und hoffen, dass der geschwätzige Radovan auch Gerber kannte. Tags darauf wollte man sich Claudia Mielke vornehmen, von der wohl am wenigsten Mithilfe zu erwarten war.

In Fitnessstudios fühlte sich Hubertus nicht wesentlich wohler als in Krankenhäusern. Dieses hieß schlicht »Body« und lag am Schwenninger Stadtrand. Am Tresen wirbelten eine wasserstoffblonde und eine schwarze Frau mit Dauerwellen herum, und auch die Mehrzahl der an den silberfarbenen Tischen und an der Bar Sitzenden schien wie aus den einschlägigen Zeitschriften à la Fit for Fun entsprungen, in denen einige der Sportfreunde blätterten.

Bei den beiden schmächtigen jungen Männern in schlabbrigen Turnhosen und alten blauen T-Shirts handelte es sich offenbar um Sozialpädagogikstudenten der nahe gelegenen Berufsakademie, die eine Runde Squash eingelegt hatten.

»Hallo, Huby«, grüßte plötzlich jemand hinter Hubertus. Er drehte sich rasch um. Gerade hatte Elke das Fitnessstudio betreten.

Blieb ihm denn gar nichts erspart?

»Das finde ich richtig gut«, meinte Elke. »Du machst jetzt auch Übungen?«

Hubertus glotzte nicht nur wegen Elkes Stretchhose wie ein Karpfen, während Klaus überlegte, ob Schmunzeln, Grinsen oder Kopfschütteln die angemessene Reaktion sei.

Irgendwann fand Hummel seine Fassung wieder. »Ja, das ist unglaublich wichtig für mein Karma«, schnaubte er.

Klaus sah Elke eher als Informantin. »Schön, dich zu sehen. Bist du öfter hier?«, fragte er.

»Ja«, nickte sie und strich die blonden Haare nach hinten. »Körper und Seele sind gleichermaßen wichtig.«

Hubertus begann zu stöhnen. Verdammt noch mal, hatte Elke auch früher schon dieses esoterische Geschwätz draufgehabt?

Klaus ließ sich jedoch nicht irritieren. »Kennst du den Besitzer dieses Schuppens: Gerber?«

Elke nickte wieder. »Ein toller Mann. Aber – sein inneres Gleichgewicht hat er noch nicht gefunden.«

Auch Hubertus erinnerte sich jetzt wieder an den Fall, in dem sie ermittelten. »Du meinst, weil er Spieler ist?«, fragte er aufs Geratewohl.

Elke nickte. »Aber wie man hört, bist du ja auch in jüngster Zeit häufiger an ungewöhnlichen Orten unterwegs.«

Hubertus kam ins Grübeln: Sprach es sich schon herum, dass er in Konstanz gewesen war? Oder gar im Blumberger »Love-Me-Center«?

Und wer tratschte da? Martina? Kollegen? Oder Klaus?

Seine Überlegungen wurden jäh gestoppt, als er durch die Glastür Kirk Willy aufs Fitnesscenter zulaufen sah.

»Wir müssen dann mal, Elke«, sagte er und zog Klaus in Richtung Herrentoilette.

»Wir müssen dann mal? Hast du sie noch alle?«, fragte Riesle, als die Tür zur Toilette hinter ihnen zugefallen war. »Müssen wir schon zusammen pinkeln? Die hält uns jetzt wahrscheinlich für schwul. Sie schien dir eh allerhand zuzutrauen ...«

»Willy kam rein«, erläuterte Hubertus. »Der macht uns doch fertig, wenn er uns sieht.«

Sie warteten etwa drei Minuten, ehe die Tür aufging.

Gott sei Dank: Es war nicht Willy, sondern ein anderer Muskelbepackter – offenbar mit Dauerabo im Fitnessstudio. Er schaute Hubertus und Klaus, die gemeinsam neben dem Waschbecken standen, kopfschüttelnd an und verschwand dann hinter einer Tür.

»Wahrscheinlich dopt er sich jetzt«, meinte Riesle halblaut.

Hummel hielt ihm den Mund zu.

»Sei still. Willst du heute unbedingt Schläge kriegen?«, flüsterte er leicht panisch.

Dann öffnete er die Tür, die in den Vorraum des Studios führte, einen Spalt. »Niemand zu sehen.«

Klaus plädierte dafür, Elke zu suchen: »Vielleicht weiß sie noch mehr über Gerber. Abgesehen davon ist es doch schon auffällig, dass uns Kirk Willy hier über den Weg läuft. Demnach kannten er und Gerber sich auch.«

Hubertus war jedoch nicht für alles Geld der Welt dazu zu bewegen, noch länger hierzubleiben. Für Elke und ihr Gerede hatte er momentan ohnehin keine Nerven.

»Die Antwort finden wir im Casino in Konstanz, das sage ich dir. Wenn uns Willy aber noch mal sieht, finden wir gar keine Antwort mehr. Nie mehr«, flüsterte er eindringlich.

Er schob Klaus unter den argwöhnischen Blicken der Wasserstoffblonden am Tresen in Richtung Straße.

15. SCHUHGRÖSSE VIERUNDVIERZIG

Kriminalhauptkommissar Winterhalter betrachtete fachmännisch das Profil des schwarzen Männerwinterstiefels, das man im Krankenhaus beim Opfer sichergestellt hatte, und verglich es immer wieder mit den Fotos von den Fußspuren aus Claudia Mielkes verschneitem Garten.

Kein Zweifel: Der einem Fischgrätenmuster ähnelnde Abdruck im Schnee war identisch mit dem Schuhprofil. Dafür brauchte er weder Lupe noch Lineal.

Der Abgleich der Schuhgröße passte ebenfalls: Vierundvierzig hatte der schwer verletzte Gerber, vierundvierzig war auch die Größe des Abdrucks im Schnee.

»Nun?«, fragte Kollege Müller ungeduldig und rückte mit Daumen und Zeigefinger den Bügel seiner Nickelbrille zurecht.

»Der Abdruck isch ziemlich sicher vo dem Schuh do«, sagte Winterhalter fast schon tonlos.

»Na, sehen Sie«, meinte Müller leicht triumphierend und erhob sich.

Immer, wenn Müller dazu ansetzte, eine kriminalistische Theorie zu entwickeln, musste er aufstehen und umherwandern.

Winterhalter starrte immer noch auf das Schuhprofil.

»So langsam wird es also eng für Frau Mielke«, deklamierte Müller. »Fassen wir noch mal zusammen: Während ihr Mann bei einem Eishockeyspiel erschossen wird, hat

Claudia Mielke einen männlichen Gast bei sich zu Hause – vermutlich ihren Liebhaber. Als wir eintreffen, flüchtet dieser überstürzt durch den Garten und hinterlässt diese Schuhabdrücke. Als wir Frau Mielke zur Rede stellen, verstrickt sie sich in Widersprüche und will auf keinen Fall preisgeben, wer die Person ist, die durch den Garten verschwunden ist.«

Müller machte kehrt, lief nun auf Winterhalter zu, stützte sich auf der Schreibtischplatte ab und musterte angriffslustig den Kollegen, als wäre der die zu vernehmende Person.

»Dann wird ein Mann blutüberströmt, ja fast erschlagen an der Brigach entdeckt. Im Krankenhaus versucht man, seine Identität zu ermitteln, findet in seiner Jackentasche eine offenbar mit Lippenstift geschriebene Telefonnummer. Es ist die Nummer von Claudia Mielke, die kurz darauf im Krankenhaus auftaucht, sich aber laut Personal als die Ehefrau des Opfers ausgibt. Sehr ominös, das Ganze.«

»Ominös scho.« Winterhalter ließ seinen Blick von der Schuhsohle zum Kollegen schweifen. »Aber des Ganze reicht doch noch nit aus, um daraus de Schluss zu ziehe, dass Frau Mielke mit dem Tod vu ihrem Ma' zu tun hät? Und de angebliche Liebhaber jo wohl au nit, zumal der kurz darauf fascht erschlage a de Brigach g'funde worde isch.«

»Winterhalter«, stimmte Müller im gleichen Tonfall an, mit dem man im Gerichtssaal als Staatsanwalt den Angeklagten anredet. »Ich halte das Ganze für ein abgekartetes Spiel und ein Ablenkungsmanöver.«

Müller wandte sich um und wanderte wieder zwischen den Schreibtischen hin und her. Der Weg war mehr oder weniger vorbestimmt, denn das Büro war von recht überschaubarer Größe und reichlich mit Stühlen, Tischen und Tafeln vollgestellt.

»Und was isch mit dem angebliche Gerücht vo de Affäre vo seller SERC-Spielerfrau? Der vum Kirk Willy?«, wandte

Winterhalter ein. »Sie wisset scho, des Phantombild, des de Herr Riesle vu dem Zeuge a'gfertigt hat.«

Müller bremste und blickte den Kollegen unwirsch an. »Klatsch und Tratsch, aber keine Realitäten«, meinte er dann, holte Luft und referierte weiter: »Was wir allerdings sicher wissen, ist, dass es um die Ehe der Mielkes alles andere als gut stand. Wenn dieser Gerber tatsächlich ihr Liebhaber ist, war der mit Sicherheit auch ein Grund, um den lästigen Ehemann loszuwerden. Zumal Mielke auch noch drauf und dran war, Haus und Hof zu verspielen. Vergessen wir nicht: Der hätte vermutlich seine Familie ruiniert. Ein starkes Motiv für Frau Mielke, ihren Mann zu eliminieren.«

»Scho möglich«, mischte sich Winterhalter ein. »Aber no'mol: Wieso schlägt dann jemand den Liebhaber fascht dot? Rache wege dem Mord am Mielke?«

»Wie schwer verletzt der Gerber wirklich ist, das sollen die Ärzte erst einmal gründlich untersuchen und uns dann mitteilen. Wenn Sie mich fragen, dann war dieser angebliche Überfall an der Brigach eine inszenierte Sache. Sie haben doch diesen Gerber im Krankenhaus stöhnen gehört? Der hat schauspielerisches Talent!«

»Worauf wollet Sie hinaus?«, fragte Winterhalter und strich mit seinen rauen Fingern über das Foto der Schuhabdrücke.

»Entweder er hat sich die Verletzungen an der Brigach selbst beigebracht. Oder jemand hat sozusagen auf Verlangen zugeschlagen – und die Sache war abgesprochen. Denn Gerber sollte als Opfer dastehen. Vermutlich hat der von ihm Beauftragte einfach zu fest draufgehauen ...«

»Und die Alibis von Frau Mielke und ihrem a'gebliche Liebhaber? I geb im Übrige au' zu Bedenke, dass Frau Mielke jo sogar verschweige wollt, dass de Herr Gerber bei ihr war. Und dabei hät sie ihm doch damit e Alibi verschaffe könne. Und natürlich umgekehrt.«

»Ich halte auch das alles für ein fadenscheiniges Ablenkungsmanöver, um arglos und unschuldig daherzukommen. In Wahrheit ist Frau Mielke eiskalt und berechnend. Ich vermute, es handelt sich um einen Auftragsmord: Für die Frau war das sicher immer noch billiger, als ihren Mann weiter Zigtausende von Euros verspielen zu lassen«, sagte Müller und verschränkte die Arme.

»Interessante, aber ganz schön g'wagte Theorie, Herr Kollege«, sagte Winterhalter und grinste Müller nun leicht spitzbübisch an.

»Nicht halb so gewagt wie Ihr Ausflug zu den ›Blue Heroes‹, Kollege. Sie kennen doch unsere Sicherheitsvorschriften?«

»I bin sehr diplomatisch vor'gange. Und wenn mir mit'em große Polizeiaufgebot dort auf'taucht wäret, dann …«

»Winterhalter«, unterbrach ihn Müller scharf. Dieses ständige Anreden mit dem Nachnamen hatte zwar auch gelegentlich etwas Vertrauliches, weil man auf das »Herr« verzichtete. Mit dem derzeitigen Tonfall klang es aber eher despektierlich. Winterhalter spürte das.

»Zumindest hätten Sie uns vorher über Ihre heimlichen Ermittlungen informieren können. Nicht auszudenken, wenn Ihnen etwas zugestoßen wäre, Kollege. Und überhaupt: Sie verzetteln sich. Lassen Sie uns doch erst mal die naheliegendste Spur verfolgen. Und die ist und bleibt nun mal Claudia Mielke. Das ist eine ganz gewöhnliche Beziehungstat mit einem blitzsauberen Motiv. Die organisierte Kriminalität könnte hier allenfalls in zweiter Konsequenz eine Rolle spielen – also beim Begehen des Auftragsmordes. Aber der erste Mordimpuls ging meines Erachtens von Claudia Mielke aus.«

»I weiß net«, murmelte Winterhalter leise. Sein Bauchgefühl sagte ihm immer noch, dass Frau Mielke nichts mit dem Mord an ihrem Ehemann zu tun hatte. »Es könnt aber au sei, dass Frau Mielke einfach nur e störrische Zeugin isch und ihren Liebhaber halt nit in die Sach mit nei'ziehe wollt. Und dass der Angriff auf Gerber mit dem Mord am Mielke gar nix zu tun hät«, konterte er ein letztes Mal.

Müller nahm wortlos seinen Mantel aus der Garderobe und legte seinen Schal um.

»Und wohin geht's jetzt?«, fragte Winterhalter.

»Natürlich zu Claudia Mielke. Ich will diesen Fall schnell abschließen und bin davon überzeugt, dass wir ein Geständnis aus dieser Frau herausholen können. Kommen Sie mit?«

»Nei, i … i muss …« Winterhalter stockte und wirkte für einen Moment lang verlegen – was bei ihm wirklich selten vorkam. »I muss no was erledige.«

»Wurst- und Fleischwaren verkaufen oder wieder einen Alleingang in die organisierte Kriminalität unternehmen?«, bemerkte Müller, der gerade Oberwasser hatte. »Halten Sie sich doch einfach an die Fakten. Und kehren Sie zum Teamwork zurück. Sie können ja schon mal beim Staatsanwalt die Möglichkeiten für einen Haftbefehl eruieren.« Müller zog die Bürotür hinter sich zu.

Jetzt spielt er sich schon fast wie der Kripochef persönlich auf, dachte Winterhalter. Obwohl sie ja eigentlich gleichberechtigte Kollegen waren.

Plötzlich sehnte er sich nach seinem Bauernhof, wo ihm keiner reinredete. Er schob die Fotos mit den Abdrücken über die grüne Schreibtischauflage zur linken Seite und den Schuh zur rechten, ehe er das Telefon zu sich heranzog.

Die Rockerszene ließ ihm keine Ruhe. Sein feines Spürnäschen sagte ihm, dass die irgendetwas mit dem Fall zu tun hatte.

Ob nun die »Heroes« oder die »Bulls« dahintersteckten, wusste er nicht.

Aber das, was Müller gerade vom Stapel gelassen hatte,

war auch nur eine Theorie – nicht viel solider als die vermutete Affäre von Frau Willy.

Und überhaupt: Was war, wenn sich beim nun anstehenden entscheidenden Spiel zwischen Schwenningen und Ravensburg übermorgen noch mal ein Verbrechen ereignete?

Wenn tatsächlich jemand im Umfeld der beiden Vereine durchgedreht war? Wenn Mielke nur ein Zufallsopfer gewesen war? Zugegebenermaßen eines, das ein durchaus schillerndes Leben geführt hatte ...

Winterhalter schnaufte tief durch. Das Leben als Nebenerwerbslandwirt war eminent zeitintensiv, wenn man außerdem noch einen Mord aufzuklären hatte. Und zusätzlich nebenher in die deutlich erhöhten Sicherheitsvorkehrungen für das entscheidende letzte Play-off-Spiel involviert war.

Vielleicht wurde er allmählich zu alt für die Doppelbelastung als Landwirt und Kriminalbeamter. Dabei wusste er: Den Bauernhof würde er nie aufgeben – eher schon die Kriminalistik. Doch ein solcher Hof allein reichte im 21. Jahrhundert schon lange nicht mehr, um den Lebensunterhalt zu bestreiten. Die Situation der Schwarzwaldbauern war in den letzten Jahren nicht besser geworden. Sein Hof würde dem Höfesterben aber hoffentlich noch eine ganze Weile widerstehen.

Winterhalter putzte sich geräuschvoll die Nase mit einem alten blau-rot-karierten Taschentuch und dachte über Müller nach.

Beweisen konnte der momentan genauso wenig wie er selbst.

Er brauchte erst mal Hintergrundwissen. Über die Konstanzer Kollegen hatte Winterhalter herausgefunden, dass sich die »Blue Heroes« und die »Silver Bulls« an verschiedenen Orten in Deutschland einen Bandenkrieg lieferten. Ein gutes Thema auch für die Medien.

Eine kurze Internetrecherche brachte Dutzende Artikel. Einer der Schwerpunkte der Bandenauseinandersetzungen schien Norddeutschland zu sein. Und nicht nur das: Dort hatte es vor einigen Wochen auch den ersten toten » Hero « gegeben.

Leitender Ermittler schien offenbar ein Kriminalhauptkommissar aus Kiel zu sein – denn der wurde gleich mehrfach in den Artikeln zitiert.

Winterhalter machte sich schlau und wählte dann eine Nummer mit der Vorwahl 0431.

» Kripo Kiel, KHK Thomsen «, meldete sich die Stimme am anderen Ende der Leitung.

» Dag. Mein Name isch Winderhaalder. I bin vu de Kripo Villinge-Schwenninge. «

Der Gesprächspartner glaubte offensichtlich, mit einem Ausländer zu sprechen, der nur ein gebrochenes Deutsch herausbrachte.

Jedenfalls schwieg er zunächst und sprach dann ganz langsam.

» Wer ... sind ... Sie? Haben ... Sie ... einen Hinweis ... zu geben? «

Winterhalter stutzte. Seltsamer Typ. Unterkühlter Norddeutscher ganz offenbar.

» Ha, nei, eher umgekehrt, hoff i. I bin en Kolleg us'em Schwarzwald und beschäftig mi grad mit dene Rocker. «

Wieder Stille am anderen Ende.

» Noch einmal: Wer sind Sie? «, fragte er dann wieder.

Winterhalter schnaufte erneut, schnäuzte sich und sprach ebenso langsam wie Thomsen und mit nur halber Dialektstärke: » I ... bin ... ein Kollege. Winterhalder. Kriminalpolizei Villinge-Schwenninge ... Schwarzwald ... Ich ermittle im Rockermilieu. «

Jetzt fiel in Kiel der Groschen.

Schwarzwald, da war Thomsens Frau früher bereits zweimal zur Kur gewesen. Dass es da auch eine Polizei gab, erschien ihm nach kurzem Nachdenken logisch. So wie dieser Kollege klang, hatte die wohl vorwiegend mit Hühnerdiebstählen zu tun.

Und jetzt anscheinend mit Rockern.

Mit leicht pikierter Stimme gab Thomsen grob Auskunft über den Ermittlungsstand. Zwölf Verletzte hatte es seinen Worten zufolge bislang durch die Rockerauseinandersetzungen allein in Schleswig-Holstein gegeben. Der Innenminister erwog sogar, die beiden Rockergruppen kurzerhand als »kriminelle Vereinigungen« zu verbieten.

Intensive Kontakte ins Rotlichtmilieu, Förderung der Prostitution. Schutzgelderpressung. Verstoß gegen das Kriegswaffenkontrollgesetz. Und so weiter. Die Bürger erwarteten ein Durchgreifen seitens der Politik.

Er hatte eigentlich überhaupt keine Zeit, diesem Dorfschulzen im Süden Nachhilfe zu erteilen, überlegte sich Thomsen. Kiel, das war schließlich ein anderes Pflaster als – wie hieß dieser Ort gleich wieder?

»Villinge-Schwenninge«, wiederholte Winterhalter.

»Klingt sehr ländlich«, meinte Thomsen.

»Im Vergleich zu minem Wohnort Linach isch's des gar net«, erklärte Winterhalter. »Aber im Vergleich zu Kiel wohl scho – wie halt die ganze Region. I beischspielsweise bin nebenher no Landwirt. Wenn Sie mol frisch g'schlachtetes Kalbfleisch oder en richtig herzhafte Schwarzwälder Schinke habe wollet – bei mir git's des zum Selbschtkostenpreis. Soll i Ihne mol e Probiererle zuschicke?« Winterhalter schnäuzte wieder in sein Taschentuch. Mist! Womöglich hatte er sich auf dem Motorrad oder im Ravensburger Eisstadion erkältet. »Oder e Schwarzwälder Kirschwässerle?«

Auch wenn der Kollege am anderen Ende der Leitung nur die Hälfte verstanden hatte, war er baff: ein Kripobeamter als Nebenerwerbslandwirt? Vermutlich saß ihm da ein Mann im Trachtenjanker mit schmutzigen Fingernägeln gegenüber, der zwischen zwei Kalbungen noch die Kleinstadtverbrechen aufklärte. Nicht zu fassen.

Noch entsetzter wäre Thomsen freilich gewesen, wenn er gewusst hätte, wie genau sein imaginäres Bild von Winterhalter mit der Wirklichkeit übereinstimmte.

Der Kieler Kommissar pochte nämlich sehr auf Sauberkeit. Sein Büro war porentief rein, sein Spitzname im Präsidium »Sagrotan«, weil er stets alles abputzte – selbst den Telefonhörer vor und nach der Benutzung.

»Du hast schwere Phobien«, hatte ihm seine Frau mit auf den Weg gegeben, ehe sie ihn vor einiger Zeit verlassen hatte.

Mochte sein.

Bei jedem lautstarken Schnäuzen seines Schwarzwälder Gesprächspartners spürte Thomsen jedenfalls ein immer stärker werdendes Jucken. Und nicht nur deshalb verzichtete er dankend auf das Angebot der Speckpost. Eigentlich hätte er gern das Telefonat beendet, doch der Kollege hatte sich festgebissen. Offenbar hielt er sein Angebot, diese Fleischabfälle aus seinem Stall gen Norden zu schicken, für eine Eintrittskarte, um Thomsen auszufragen.

»Des mit de Rotlichtkontakte hab i scho in mehrere Zeitungsartikel im Internet g'lese ...«

Immerhin, dachte Thomsen. Internet gibt's dort also schon.

»In was sind diese ›Heroes‹ denn sonscht no verwickelt? Im Konstanzer Casino hän die ihre Finger nämlich au irgendwie drin ...«

»Das wundert mich nicht«, meinte Thomsen und blickte auf die große Uhr an der Wand, die ein Schlachtschiff zeigte. »Mehr oder weniger alles, womit sich Geld machen lässt. Rotlicht, Sicherheitsdienstleistungen – und sie verleihen das Geld neuerdings auch zu Wucherzinsen weiter. Überzeugende Mittel, damit die Leute alles mit Zins und Zinseszins zahlen, haben sie ja ...«

Winterhalter dachte an seinen Besuch im Singener Industriegebiet bei den Rockern und stimmte zu.

»Jetzt wird's interessant«, meinte er dann. »Mir hän do nämlich mit em Mord zu tue, wo des Opfer massive Spielschulde g'habt hät. Wär des denkbar, dass diese ›Heroes‹ dann letzschtlich au einen umbringe?«

»Wie bitte?«

Winterhalter musste den Satz noch einmal in einer etwas leichteren Dialektversion wiederholen.

Mord? Thomsen runzelte die Stirn und wurde nun doch etwas interessierter. Bisher war er eher davon ausgegangen, dass es um eingeschlagene Scheiben gehe.

Mord im Schwarzwald.

Seltsam.

So wie er sich den Schwarzwald vorstellte, musste das doch eine Ruhe und Idylle sein, um die der stressgeplagte Polizist aus der schleswig-holsteinischen Landeshauptstadt die Kollegen beneidete.

Saftig grüne Wiesen. Blauer Himmel.

Unzerstörte Natur. Sauberkeit.

Ich bin urlaubsreif, dachte Thomsen. Vielleicht sollte ich wirklich einmal im Schwarzwald ausspannen – obwohl es da inzwischen auch Rocker gibt.

Und sogar einen Mord.

Das nächste Schnäuzen von Winterhalter machte seinen Vorsatz schon wieder zunichte. Schwarzwald, das bedeutete zweifelsohne auch Kuhställe.

Dreck. Viele Fliegen.

Neugierige Nachbarn in Dörfern, die alles argwöhnisch beäugten. Zumal, wenn man kein gebürtiger Einheimischer war. Und dieser Dialekt, der eigentlich nur als Beleidigung der Ohren zu bezeichnen war.

»Ja«, beantwortete er dann die Frage. »Das wäre unter Umständen durchaus denkbar. Erst üben die Herren auf andere Art und Weise Druck aus – aber am Ende könnte tatsächlich sogar eine Tötung stehen. War das Opfer denn Mitglied bei den ›Heroes‹ – oder sogar bei den ›Bulls‹?«

Bislang gebe es keinerlei Hinweise darauf, berichtete Winterhalter. Optisch würde er zu einem klaren Nein tendieren. Schulden habe das Opfer aber definitiv gehabt – und von daher danke er für den Tipp mit den Wucherzinsen.

Ob denn Kontakte der norddeutschen »Heroes« zu denen am Bodensee bekannt seien?

»Die ›Heroes‹ haben zu allen anderen ihres Schlages in ganz Europa Kontakte«, klärte Thomsen auf. Über genauere Informationen verfüge er nicht – es könne aber nur noch eine Frage der Zeit sein, bis der Rockermord im Raum Kiel geklärt sei.

Thomsen überlegte, ob er Winterhalter noch konkreter nach dessen Fall ausfragen sollte – vielleicht gab es entgegen dem ersten Eindruck ja doch Parallelen.

Ein zweimaliges Niesen Winterhalters sowie dessen Bemerkung, er habe sich »übel erkältet«, führten dazu, dass Thomsen von seinem Vorhaben absah. Obwohl er im Allgemeinen ein großer Anhänger logischen Denkens war, setzte dieses in solchen Fällen aus. Vielleicht war die Wissenschaft ja nur noch nicht dahintergekommen, dass sich Viren auch übers Telefon übertragen können.

Er spürte jedenfalls schon eine nahende eigene Erkältung und verabschiedete sich rasch.

16. SPIEL PAROLI

Riesle und Hummel jagten wieder im Kadett über die Autobahn A 81 in Richtung Singen/Konstanz. Es war genau einundzwanzig Uhr.

Der Jeton aus Michael Gerbers Manteltasche, der Klaus in die Hände gefallen war, klickte im Aschenbecher hin und her.

»Für mich weisen die Spuren eindeutig ins Zockermilieu«, theoretisierte Hubertus, während er sich mit der rechten Hand an der Tür festkrallte.

Klaus brachte den Wagen mit Rückenwind und Schussfahrt kurz vor Engen auf hundertachtzig Stundenkilometer, was ihn aber nicht davon abhielt, parallel zu telefonieren – ohne Freisprecheinrichtung, versteht sich. Und dann auch noch mit der Polizei. Genauer gesagt: dem »Ö«, dem für die Öffentlichkeitsarbeit der Polizeidirektion Villingen-Schwenningen Zuständigen.

Während Riesle das Lenkrad mit dem Oberschenkel fixierte und die Nummer eintippte, klärte er Hubertus darüber auf, dass er unbedingt noch neue Informationen über die Sicherheitsvorkehrungen rund um das entscheidende Eishockeyfinale brauche. Und darüber, ob die kriminaltechnische Untersuchung in der Arena etwas ergeben habe.

Hummel musste an seine Mutter und deren Predigt über die Gefahren des Handytelefonierens denken. Vor der Strahlung hatte er in diesem Moment jedoch weniger Angst als vor dem Halbirren neben ihm, der das Gaspedal bis zum Anschlag durchdrückte, gelegentlich mit der freien Hand in der Mittelkonsole kramte und offenbar der Ansicht war, seine Schenkel eigneten sich genauso gut zum Steuern eines Fahrzeugs wie seine Hände.

Zu Wort kam Hummel mit seinen Bedenken aber keineswegs, denn aufgrund der lauten Motorgeräusche brüllte Klaus so sehr in sein Handy, dass doch eigentlich auch dem Mann am anderen Ende klar sein musste, dass hier nicht alles mit rechten Dingen zuging.

»Ausverkauft – na, das ist ja kein Wunder«, schrie Riesle gerade. »Aus Sicherheitsgründen dreihundert Zuschauer weniger? Und dafür mehr Polizei? Da wird der Verein ja begeistert sein!«

Hubertus setzte sich bescheidene Ziele: Wenn sie heil von der Autobahn kämen, wäre das ein Teilerfolg. Auf der Bundesstraße war ein Unfall auch schlimm – vor allem aufgrund des potenziellen Gegenverkehrs. Aber da würde Klaus wegen des Verkehrsaufkommens immerhin nur maximal hundert fahren können.

»Wo ich bin?«, brüllte Riesle gerade. »A 81 Richtung Süden.«

Nicht zu fassen. Der Ö müsste doch eigentlich spätestens jetzt die Autobahn sperren lassen.

»Freisprecheinrichtung?«, rief Klaus nun. Und log, ohne mit der Wimper zu zucken: »Klar!« Dann setzte er das Geschrei unvermindert fort: »Sag mal, gibt's denn im Mordfall Mielke was Neues? Es kursieren ja Gerüchte, dass die Ravensburger eventuell was damit zu tun haben könnten. Oder Spielerfrauen!«

In diesem Moment war Hummels Teilziel erreicht – die Autobahn war zu Ende.

Dort den Wagen sich überschlagen zu lassen war aber vermutlich auch noch tödlich. Zumal sich kurz vor Allensbach eine scharfe Rechtskurve ankündigte.

»Moment!«, brüllte Klaus, warf das Handy in die Mittelkonsole, nahm quietschend die Kurve und ergriff es schließlich wieder.

»Alles klar – bin wieder da!«

Hummel war fix und fertig. Die schöne Abendstimmung inklusive Alpenblick entlang des Untersees ging komplett an ihm vorbei. Ein paar Boote kurvten zwischen der Gemüseinsel Reichenau und dem Allensbacher Ufer. Hubertus registrierte nicht einmal, dass hier im Gegensatz zu Schwarzwald und Baar der Frühling bereits in vollem Gange war. Von Schneeresten keine Spur mehr.

»Was?«, hörte er Klaus noch rufen, ehe dieser – weiter das Handy am Ohr – einen Wagen überholte und munter zwischen den Gängen drei und fünf hin und her schaltete. »Das ist ja der Hammer!«

Jetzt war Schluss!

»Klaus! Fahr langsamer!«, brüllte Hubertus den Freund aus Leibeskräften an, sodass diesem nun tatsächlich fast das Lenkrad entglitt.

Erschrocken schaute Klaus auf, fasste sich dann wieder, wechselte noch drei Sätze mit dem Ö und beendete das Telefonat mit dem Versprechen, »die Geschichte« für sich zu behalten.

»Du hättest durch dein hysterisches Geschrei fast einen Unfall verursacht!«, schrie Klaus.

Hubertus schwieg zunächst und starrte resigniert in den dichten abendlichen Verkehr vor ihnen. Zum Glück war auch auf der Gegenspur so viel los, dass Klaus sich weitere Überholmanöver abschminken konnte. Prinzipiell jedenfalls …

Dem Freund war offenbar auch nicht an einem Zerwürfnis gelegen, denn er sagte nach einigen Sekunden des Nachdenkens: »Ich hab noch was Tolles!«

»So?«, machte Hubertus und entspannte sich allmählich wieder etwas, zumal Klaus nun annähernd wie ein zivilisierter Mensch fuhr.

Ohne Handy am Ohr schien es ihm keinen Spaß mehr zu machen, Vollgas zu geben.

Immerhin berichtete er nun außer über die intensiven Vorbereitungen aufs Eishockeyfinale auch noch über das, was der »Ö« ihm unter dem Siegel der Verschwiegenheit erzählt hatte.

»Du erinnerst dich doch an diese ›Blue Heroes‹ – die Rockertypen, die letztes Mal vor dem Casino aufgetaucht sind.«

Hummel nickte. Und ob.

»Kommissar Winterhalter, dieser Typ in Kniebundhosen, der aussieht, als habe man ihn eben aus einem Stall gezogen, war wohl vorgestern bei diesen ›Heroes‹ – allein und in Zivil. Mit seinem alten Motorrad, im Clubheim in Singen!«

Hummel staunte: »Ganz allein? Und warum?«

»Keine Ahnung. Das eigentlich Erstaunliche ist, dass er da wieder heil rausgekommen ist«, meinte Riesle, während sie die Ortseinfahrt von Konstanz passierten. »Es muss irgendwas mit dem Mord an Mielke zu tun haben. Aber was genau, damit wollte der ›Ö‹ nicht rausrücken.«

»Na ja – wenn Mielke im Rotlicht- oder im Zockermilieu zu Hause war, dann könnte es doch durchaus sein, dass er diesen Leuten mal begegnet ist. So wie wir letztes Mal auf dem Casinoparkplatz.«

»Vielleicht hat er sich von diesen Typen sogar mal Geld geliehen?«, schlug Riesle vor. »Er selbst war doch sicherlich kein Rocker.«

Sie näherten sich dem Parkplatz.

»Vielleicht sind die ›Heroes‹ ja wieder da – dann können wir sie mal fragen, ob sie Mielke kannten.«

Hummel betete intensiv, dass sie nicht da sein würden.

Sein Gebet wurde erhört.

Klaus ließ derweil die eigenen Ermittlungen Revue passieren.

»Häringer und sein Zuhältertyp machen ja wirklich einen zwielichtigen Eindruck, aber die hatten tatsächlich überhaupt kein Motiv, dem Mielke den Garaus zu machen«, meinte er.

»Also doch die Rocker? Oder Frau Mielke?«

Klaus zog die Schultern hoch. »Merkwürdig, dass man es schon wieder auf einen Spieler abgesehen hat. Es ist zwar noch nicht klar, ob der Mord an Mielke und der Angriff auf Gerber wirklich etwas miteinander zu tun haben, aber die

Vermutung liegt doch nahe. Demnach müsste der Mörder vielleicht wirklich in der Spielbank zu suchen sein.«

»Ein Fall für Radovan«, meinte Hummel nickend. »Der wird sicher wieder da sein.«

»Machen wir beide eigentlich wieder gemeinsames Spiel?«, fragte Riesle, als er am Eingang an der Reihe war.

Hubertus war einverstanden. Er streckte seinem Freund fünfzig Euro unter die Nase. Letztes Mal war ihnen ja zumindest das Glück im Spiel hold gewesen, die Mordermittlungen hatten dafür weniger erbracht. Sollte auch diesmal nichts bei den Recherchen herauskommen, so wollten sie sich doch zumindest mit einem kleinen Gewinn trösten.

»Fünfer oder Zehner?«, fragte der Kassierer an der Hauptkasse.

»Fünfer«, erwiderte Klaus und wandte sich schmunzelnd Hubertus zu. »Diesmal versuchen wir es mit Kleingeld. Dann hält die Kohle vielleicht etwas länger. Man kann sich ja nicht immer auf das allerletzte Stück verlassen.«

Als der Kassierer zwanzig Fünferjetons fein säuberlich aufgelegt und aufgezählt hatte, schaufelte Klaus sie in die Seitentaschen seines zitronengelben Sakkos, das Hubertus so grässlich fand.

»Seid ihr Journalisten nicht schon aufdringlich genug? Da musst du nicht auch noch diese schreckliche Jacke anziehen«, frotzelte er, während sie sich auf denselben Spieltisch zubewegten, an dem sie neulich Radovan ausgefragt hatten.

Der kräftige Bosnier war schon von Weitem zu erkennen. Diesmal saß er allerdings nicht gemütlich da, sondern sprang nervös zwischen den Tischen hin und her, wie das Riesle und Hummel neulich schon bei anderen Spielern beobachtet hatten.

»Hallo, Rado«, sprach Klaus ihn an.

»Aha, Herren Detektive geben sich schon wieder Ehre zu

Besuch in Abgründe von Spielhölle«, begrüßte Josipović die beiden mit einem Grinsen. »Wollen mich wohl wieder ausfragen über Mordfall Mielke, wie neulich schon Polizei?« Er hob bedeutungsvoll die Augenbrauen. »Aber ich keine Zeit. Mein Spiel heute laufen wie verrieckt.«

Radovan drängelte sich durch eine kleine Menschentraube in Richtung Roulettekessel, streckte sich nach Kräften und stellte sich auf die Fußspitzen, um zu erkennen, in welches Fach diesmal die Kugel fiel.

»Zero«, kam es vom anderen Ende des Tisches. Radovan machte einen kleinen Sprung und klatschte einem Zockerkollegen kräftig auf die Schulter. Der Croupier tippte elegant mit dem Rateau auf die Null und strich dann die verlorenen Gelder ein.

Mit einem breiten Grinsen wandte sich Radovan nun Klaus und Hubertus zu. »Habe Zerospiel mit insgesamt vierzig Euro gespielt und natierlich gewonnen«, verkündete er.

»Ich verstehe kein Wort«, gab Hubertus freimütig zu.

»Ganz einfach. Ich euch erklären. Zehn-Euro-Jeton habe ich auf Zahlen null und drei zusammen gesetzt, zehn auf zwölf und fünfzehn, zehn Euro nur auf die Zahl sechsundzwanzig und andere zehn Euro auf zweiunddreißig und fünfunddreißig.«

Klaus wurde neugierig. »Und was soll das Ganze bringen?«

Radovan begann, einen Vortrag über die Spielwissenschaft zu halten: »Nummern liegen alle nebeneinander in Spielkessel. Wenn eine von ihnen gewinnen, ich mit zehn Euro Plein oder Cheval dabei, also mit zehn Euro Einsatz voll auf Nummer oder zwei Nummern zusammen.«

»Ich setze also nicht nur auf eine Nummer, sondern auf mehrere nebeneinanderliegende Zahlen im Roulettekessel«, bestätigte Hubertus, dass er seine Lektion gelernt hatte.

Dann begann er zu rechnen. »Bei Zero bekommst du also das Siebzehnfache, weil du einen Jeton auf null und drei hattest. Macht hundertsiebzig Euro.«

»Genau. Sehr gut. Du haben Zeug für Zocker.«

»Rado, was machet mer mit deinem G'winn?«, fragte der auszahlende Croupier in breitem Konstanzer Dialekt von der anderen Seite des Spieltisches.

»Paroli bis Maximum«, rief der über den Tisch.

Klaus und Hubertus verstanden wieder überhaupt nichts mehr, und sogar der Croupier musste überlegen.

»Dann mache mer also Zerospiel mit vier Stück à vierzig Euro, oder?«

Radovan lächelte jovial: »Und zehn Euro für euch.«

Der Croupier legte den Gewinn vor sich auf, warf einen Zehnerjeton in die Trinkgeldbüchse und bedankte sich artig. Er nahm die Jetons mit einer eleganten Handbewegung auf, formte sie zu einem kleinen Türmchen und schob sie in ein kleines Feld, das mit »Zerospiel« beschriftet war.

Hubertus und Klaus begriffen, dass Rado seinen gesamten Gewinn riskierte.

Hummel blickte auf die Zahlenanzeige über dem Tischchef.

»Fünfzehn, zwölf, null«, murmelte er vor sich hin. »Das heißt, das Zerospiel lief bereits dreimal in Folge?«, fragte er bei Radovan nach.

»Genau. Zerospiel heute laufen wie verrieckt.«

Dann lief Radovan eilig zum gegenüberliegenden Tisch, um dem Croupier noch einen Fünfzigerjeton hinzuwerfen und »Zerospiel mit Neunzehn« zuzurufen.

»Zerospiel und die Neunzehn. Nichts geht mehr«, kam es vom Tischende zurück.

Man hörte die Kugel schon rollen.

»Zerospiel«, rief nun auch Klaus und legte dem Kopfcroupier am ersten Tisch vier Fünfer hin. Die Annonce wurde noch angenommen, obwohl die Kugel ebenfalls schon in Bewegung war.

»Sag mal, wir spielen doch zusammen. Können wir das nicht vorher besprechen?«, echauffierte sich Hubertus.

»Sechsundzwanzig, schwarz, pair, passe«, annoncierte der Drehcroupier kurz darauf. Einen Moment schauten sich Hubertus und Klaus verdutzt an, dann stießen sie einen Freudenschrei aus.

»Man muss seinem Gefühl folgen«, belehrte Klaus seinen Freund lachend.

Radovan war mittlerweile vom Nebentisch zurückgekehrt, wo die Vierzehn die Oberhand behalten hatte. Also kein Zerospiel. Aber er hatte ja noch an ihrem Tisch ein heißes Eisen im Feuer.

»Ich gute Berater. Ihr jetzt auch Paroli spielen«, forderte Rado, nachdem Klaus und Hubertus ihm von ihrem Gewinn erzählt hatten.

»Plein mit fünf Euro, des macht hundertfünfundsiebzig Euro für die Messieurs.« Der Croupier schaute Klaus und Hubertus fragend an.

»Paroli!«, gab Hummel selbstbewusst zurück.

»Bist du jetzt völlig ausgeflippt?« Riesle gab ihm einen Stoß in die Seite.

»Man muss seinem Gefühl folgen, nicht wahr?«, konterte Hubertus mit einem Grinsen.

»Dann machet mer das Ganze also mit je vierzig Euro, macht hundertsechzig, bleibet fünfzehn Euro übrig. Was mache mer damit, Messieurs?«, fragte wieder der Croupier.

Die Mischung aus Konstanzer Dialekt und ein paar Brocken Casinofranzösisch wirkte unfreiwillig komisch.

»Fünf für die Angestellten und zehn Euro zusätzlich auf die Zero«, antwortete Klaus selbstbewusst. Jetzt schienen sich die Neulinge gegenseitig überbieten zu wollen.

Radovan hatte seinen gesamten Gewinn wieder in das

Spiel investiert und mit vierzig Euro auf der Sechsundzwanzig richtig gelegen.

Der Croupier schob einen dicken Stapel an Jetons mit seinem Rateau hinüber. »Vierzehnhundert Euro für Herrn Josipović.«

Die Ansage war pointiert, denn er wartete offenbar gespannt auf das Trinkgeld. »Vierzig Euro für Angestellte«, rief Radovan großzügig.

Ein paar Leute schauten ihm neidisch zu, wie er die vielen Jetons in den Jackentaschen verstaute.

Das Tableau hatte sich nun wieder mit dem Spielgeld gefüllt. Irgendwie schien sich bei der Zockergemeinde herumgesprochen zu haben, dass der Drehcroupier ein gutes Händchen bewiesen und eine Serie hingelegt hatte. Schließlich brachte er das schwere Roulette kräftig zum Drehen und ließ das weiße Kügelchen aus Elfenbein mit einer schnippenden Handbewegung erneut in den Kessel rollen.

Die Spieler versetzte dieser Akt in helle Aufregung. Ein Rumoren, Laufen, Rufen und Schreien setzte ein. Von allen Seiten wurden den Croupiers noch Jetons hingeworfen und hektische Kommandos gebrüllt. Alle starrten gespannt auf das Geschehen in dem kleinen Rund am Ende des Tisches.

Schließlich machte es klack, klack, klacker-di-klack.

»Achtundzwanzig, schwarz, pair, passe«, annoncierte der Croupier in näselndem, distinguiertem Ton, obwohl er doch gerade noch gegenüber Radovan auf Konstanzerisch gefrotzelt hatte.

»Jebem ti«, fluchte Rado, »nur ein Loch weiter wäre zwölf gewesen.«

»Das gibt's doch nicht«, rief Hubertus und klatschte sich mit der flachen Hand kräftig gegen die hohe Stirn, sodass es ordentlich knallte.

Hummel hatte sich den Gewinn schon ausgerechnet, ja ihn beinahe fest eingeplant.

»Ein schöner Batzen Geld ist uns da durch die Lappen gegangen. Zwischen sechshundertachtzig und vierzehnhundert Euro Gewinn wären dringewesen«, rechnete Klaus vor, der immer noch wie versteinert auf das fast abgeräumte Tableau starrte.

Dann schien Hubertus wieder zur Besinnung zu kommen.

»Völliger Wahnsinn, diese Zockerei. Eigentlich sind wir doch wegen unserer Ermittlungen hergekommen. Die haben wir vor lauter Zahlensalat aus den Augen verloren«, meinte er. Mittlerweile konnte er gut nachempfinden, wie Leute spielsüchtig wurden.

»Vertrauensbildende Maßnahmen nennt man das. Durch die gemeinsame Spielerei ist Rado doch noch zutraulicher geworden«, flüsterte Klaus seinem Freund ins Ohr.

Radovan, der mit beiden Händen in seinen Sakkotaschen nach den Jetons kramte und mit den Achseln zuckte, näherte sich wieder. »Tut mir leid, Freunde. Is total in Hose gegangen. Nur eine Zahl weiter, und ihr viel Geld gewinnen. Ich zum Glück nicht noch mal habe gespielt Paroli.«

»Hast du jetzt vielleicht fünf Minuten für einen Sekt an der Bar?«, fragte Klaus.

Der Bosnier schien ein schlechtes Gewissen zu haben. Das konnte man an seiner verlegenen Miene ablesen.

Er wählte nun allerdings den teuersten französischen Champagner, den die Casinobar zu bieten hatte: Klaus und Hubertus, die ihn einluden, nippten hingegen an ihren Biergläsern. Nach einem winzigen Schluck Champagner hatten die beiden abgewunken. Nein, das war nichts für sie.

»Rado«, setzte Klaus in kumpelhaftem Tonfall an, »wir kommen im Mordfall Mielke nicht weiter ...«

»Die Spuren, die ins Rotlichtmilieu führten, scheinen uns bisher nicht zum Ziel zu bringen«, ergänzte Hubertus.

»Sag mal, kannst du dir vorstellen, dass jemand aus dem Zockermilieu etwas mit der Sache zu tun haben könnte?«

Riesle blickte Hummel an und setzte dann Josipović über die möglichen Zusammenhänge ins Bild. »Gestern wurde ein weiterer Zocker aus Villingen, ein gewisser Michael Gerber, lebensgefährlich verletzt. Kanntest du den?«

Radovan kratzte sich das stopplige Kinn. »Gerber ... Hm ... nein, ich nicht kennen. Und überhaupt: Zocker verrieckte Leute, aber nicht so verrieckt, dass sie jemand umbringen.«

Klaus ließ nicht locker. »Kennst du die ›Blue Heroes‹, diese Rocker? Sind die ab und zu da?«

Radovan nickte: »Sind öfter da. Mal in Rockerjacke, mal in Anzug und Krawatte, wenn gehen zocken. Würde ich mich fernhalten von diese Leute ...«

»Weißt du, ob Mielke mit denen in Kontakt stand? Vielleicht gar mal Ärger mit ihnen hatte?«, erkundigte sich Klaus.

Radovan schüttelte den Kopf.

»Ist dir vielleicht sonst noch irgendetwas eingefallen?«

Radovan setzte das Champagnerglas an der Bar ab, verschränkte die Arme, sein Blick verfinsterte sich. Er beugte sich zu Klaus und Huby hinüber, denen ein Schwall voll Zockerschweiß in die Nasenflügel stieg.

Hubertus drehte sich weg. Für einen Moment glaubte er plötzlich, im Augenwinkel nicht nur seinen ehemaligen Schüler Uwe, sondern auch diesen komischen Zivifreund seiner Tochter vorbeihuschen gesehen zu haben.

Und die Frau da hinten? Sah die nicht Elke ähnlich?

Immerhin: Jemand, der ihn an Bröse erinnerte, konnte er nicht ausmachen.

Er schüttelte den Kopf. Irgendwie litt offenbar seine Wahrnehmung unter dem Stress. Er phantasierte schon.

»Vielleicht von Bedeutung«, redete Radovan weiter. »Neulich nach Gespräch mit euch mich Kommissar befragen. Müller mit Name. Er mir erzählen von Rückkauf von

Lebensversicherung, den Mielke einem Spieler anbieten. Name egal.«

Radovan griff wieder zum Glas, nahm einen kräftigen Schluck und verzog das Gesicht. »Er sprechen von fünfunddreißigtausend Euro und dass Versicherung auf Mielkes Frau laufen.« Radovan nickte bedeutungsvoll. »Frau hätte doch zwei Fliegen mit eine Klappe kaputt machen. Versicherung kassieren und verschwenderische Ehemann kaltmachen.«

Hubertus und Klaus sahen sich bedeutungsschwanger an. Bisher hatten sie es noch nicht gewagt, Claudia Mielke direkt zu befragen – außer gestern im Krankenhausflur. Vor allem der Pietät wegen hatten sie von einem Besuch Abstand genommen. Immerhin waren zwei Halbwaisen im Spiel. Das verlangte Respekt, wie Hubertus seinen Journalistenfreund belehrt hatte.

»Die Mielke hat sich gestern wirklich merkwürdig verhalten. Gibt sich als Frau Gerber aus … Und nun auch noch diese Geschichte. Die lässt sie in einem wirklich verdächtigen Licht erscheinen«, analysierte Klaus auf dem Weg zur Kasse, wo sie ihr restliches Spielgeld wieder umtauschten.

Bis zur Autobahnausfahrt Kreuz Bad Dürrheim war es schweigsam in Riesles Kadett. Klaus und Hubertus waren frustriert darüber, dass die Polizei offenbar einen so großen Ermittlungsvorsprung hatte.

Vom entgangenen Roulettegewinn ganz zu schweigen.

»Der Besuch bei Frau Mielke duldet absolut keinen Aufschub mehr«, brach Riesle schließlich das Schweigen.

»Das hatten wir ja gestern schon ausgemacht«, gab Hummel zurück.

Klaus platzte der Kragen. »Ich hab dir ja gleich gesagt, dass wir die Mielke nicht schonen dürfen. Die Suche nach der kriminalistischen Wahrheit kann keine Rücksicht auf so etwas nehmen. Du immer mit deinem moralischen Getue: typisch Lehrer.«

»Das bringt doch jetzt nichts«, beschwichtigte Hubertus. »Frau Mielke hatten wir doch beide zunächst nicht auf unserer Rechnung. Morgen Nachmittag habe ich keinen Unterricht. Da können wir sie doch befragen.«

Klaus hätte am liebsten zu einer Schimpftirade über das Freizeitverhalten der Lehrer angesetzt. Er selbst hatte zwar Urlaub, aber es ärgerte ihn, dass Hubertus mal wieder so selbstverständlich voraussetzte, dass er verfügbar war.

»Zufällig hab ich morgen nichts vor«, antwortete Klaus schnippisch.

In der Kalkofenstraße, unterhalb des Hubenlochs, setzte Riesle Hummel ab. Dieser wollte noch ein paar Schritte laufen. Er nahm einige kräftige Luftzüge und hauchte Dampfschwaden in den sternenklaren Nachthimmel.

Vom Münster schlug es Mitternacht.

Dann schlitterte er vorsichtig die spiegelglatte Laiblestraße in Richtung Südstadt hinunter. Er wollte auf gar keinen Fall stürzen und diesmal als Patient in den Städtischen Kliniken landen. Vom Krankenhausgeruch hatte er morgens schon genug inhaliert.

17. DIE VERGESSENE JACKE

Am nächsten Morgen machten sich der Schlafmangel und die schlechte Vorbereitung bei Hubertus' Unterrichtsqualität bemerkbar. Mehrfach verhaspelte er sich, sodass die 11a bei seinen Ergüssen über Theodor Storms »Schimmelreiter« kollektiv grinste. Auch der Gemeinschaftskundeunterricht in der Zwölften lief nicht optimal. Am Schluss der Stunde wusste selbst Hummel nicht mehr, in welchem Fall nun eigentlich der Vermittlungsausschuss von Bundestag und Bundesrat eingesetzt wurde.

Er musste dringend ins Bett.

Schließlich wollte er nicht zuletzt am morgigen Abend beim Entscheidungsspiel zwischen Schwenningen und Ravensburg wieder fit sein.

Aus der Mütze Schlaf wurde jedoch nichts, denn es standen noch ein knappes Dutzend Besorgungen in der Innenstadt an.

»Das bisschen Haushalt macht sich von allein, sagt mein Mann«, hatte es in den Siebzigern einmal ironisch in einem Schlager geheißen.

Seit Elke weg war, erinnerte er sich ständig an dieses Lied.

Wenigstens der strahlend blaue Himmel über der alten Zähringerstadt hob seine Laune. Die Münstertürme glitzerten im gleißenden Licht. Besonders der Turm mit den bunt emaillierten Ziegeln war wie ein Leuchtfanal schon von weither zu erkennen.

An solchen Tagen fluchten die Villinger ausnahmsweise mal nicht über ihre Stadt als »kaltes Loch«. Die reine Schwarzwaldluft bescherte glasklare und sonnige Tage.

Hubertus brummte der Magen. Die Einkäufe mussten warten.

Er beschloss, sich mit einem Döner zu stärken. Mit der türkischen Spezialität in der Hand spazierte er mampfend in Richtung Hubenloch und hatte alle Hände voll damit zu tun, die Soße von seinem Mantel fernzuhalten.

Sollte er sich zu Hause einige Minuten Erholung versprochen haben, so lag er damit falsch. Am Küchentisch saß nämlich seine Tochter Martina in verzweifelter Stimmung.

Hubertus war ziemlich sicher nicht der sensibelste aller Väter, doch die rot geweinten Augen fielen sogar ihm auf. Als Hubertus sich und Martina jeweils eine Latte macchiato kredenzt hatte, rückte sie mit der Sprache heraus.

Wobei nicht besonders viel Menschenkenntnis dazugehörte, um zu erahnen, dass sie Probleme mit ihrem Freund hatte.

Womit auch sonst? Schulnoten brachten siebzehnjährige Mädchen nur noch in absoluten Ausnahmefällen zum Weinen. Gesundheitliche Beschwerden konnte er bei ihr ziemlich sicher ausschließen. Und für Tränen, weil sich beispielsweise ihre Lieblingsgruppe getrennt hatte, war Martina nun doch schon ein wenig zu alt. Zum Glück!

Die einzige sonstige Möglichkeit für einen Weinkrampf wäre vielleicht gewesen, dass Elke und Dr. Bröse ihre Hochzeit angekündigt hätten. Wobei in einem solchen Fall wohl eher bei Hummel die Tränen geflossen wären.

Ebenso bei einer Schwangerschaft, aber das lag ohnehin jenseits von Hubertus' Vorstellungsvermögen.

Der Freund also.

»Hat er Schluss gemacht?«, fragte Hummel.

Gott, wie er solche Gespräche hasste.

Martina schüttelte den Kopf und schob die Latte macchiato zur Seite.

»Hast du Schluss gemacht, und jetzt tut es dir leid?«, forschte Hubertus weiter.

»Er hat ... Probleme«, meinte Martina schließlich leise.

»Beim Roten Kreuz?«

Seine Tochter sah ihn so an, wie man einen alten Vater eben ansah, der sich überhaupt nicht in einen hineinversetzen konnte.

Dann schüttelte sie wieder den Kopf.

»Mit ein paar so Typen«, meinte sie schließlich tonlos.

»Typen? Was für Typen?«, wollte Hummel wissen.

»Ich kenne die nicht«, flüsterte Martina, die ersichtlich kein größeres Interesse an dem Gespräch hatte. Allerdings war sie wohl in einem so derangierten Zustand, dass sie sich nicht dazu aufraffen konnte, einfach in ihrem Zimmer zu verschwinden.

»Diese Typen haben es also nicht auf dich abgesehen«, stellte Hummel fest und war fast beruhigt, als Martina ihn wieder verständnislos anschaute.

»Wir haben uns gestritten«, erklärte sie nun, stand auf, goss sich ein Glas Mineralwasser ein und setzte sich dann wieder zu ihrem Vater an den Tisch.

»Er ist dann einfach abgehauen. Er wollte zuerst nach Hause und dann später zu einem Treffen, über das er mir partout nichts sagen wollte. Er war ziemlich durcheinander. Ich habe gesagt, dass ich ihn begleiten würde ...« Sie schnäuzte sich leise, fast schon kraftlos. »Peter meinte aber, dass es für mich zu gefährlich sei. Er sagte, letztlich könne es sogar um Leben und Tod gehen ...«

»Nur gut, dass du hiergeblieben bist, Kleines«, tröstete Hummel.

Allerdings. Das hätte ihm gerade noch gefehlt, dass Martina sich mit irgendwelchen Halbstarken einließ.

»Er war also hier?«, hakte Hubertus nach und überlegte kurz, ob er thematisieren sollte, dass er eigentlich davon ausgegangen war, dass sich dieser Vogel hier gar nicht mehr blicken ließ.

Martina stand wieder auf. Entgegen den Erwartungen ihres Vaters verschwand sie aber immer noch nicht in ihrem Zimmer, sondern ging in den Hausgang und kam mit einer Lederjacke wieder.

»Er war so durcheinander, dass er die sogar hier vergessen hat«, sagte sie. »Über Handy meldet er sich auch nicht ...«

Hubertus blickte erst auf die Uhr – noch dreißig Minuten bis zur Verabredung mit Klaus – und dann auf die Jacke, in die Martina ihr Gesicht vergraben hatte.

»Tja, Kleines«, sagte er, ging auf seine Tochter zu und strich ihr über die Haare.

Doch dann nahm er ihr die Jacke aus der Hand, denn ihm war etwas aufgefallen: der blau-weiße Sticker, auf dem keineswegs »Schwenninger Wild Wings« stand, sondern »Blue Heroes – Chapter Lake Constance« ...

»Sag mal, Kleines, dein Peter ist doch jetzt vermutlich noch zu Hause?« Hubertus hob Martinas Kinn an und blickte ihr eindringlich in die hellblauen Augen. »Wo wohnt er denn? Ich glaube nämlich, er steckt in ernsthaften Schwierigkeiten. Und rück mal zur Sicherheit noch seine Handynummer heraus.«

Martina schaute ihren Vater jetzt noch verzweifelter an.

18. HIGHWAY TO HELL

Das Telefon klingelte. Claudia Mielke nahm ab. Ein Klaus Simon vom Sozialdienst des Krankenhauses meldete sich.

»Nur wegen der Formalitäten, Frau Mielke. Sie sind die Gattin unseres Patienten Gerber? Haben Sie eigentlich einen Doppelnamen? Mielke-Gerber? Oder Gerber-Mielke?«

Claudia Mielke antwortete nicht darauf. »Wie geht es ihm denn?«, wollte sie stattdessen wissen.

Kurzes Schweigen.

»Gut«, meinte dann die andere Stimme beruhigend. »Also – den Umständen entsprechend. Aber ich bin ja nicht primär für das Medizinische zuständig.« Eine kleine Pause, dann wieder die Frage des Mannes: »Sie sind also die Ehefrau von Herrn Gerber?«

Nun war es an Frau Mielke, kurz zu überlegen: »Na ja«, meinte sie dann zögerlich. »Also, die ... Lebensgefährtin.«

»Aha«, meinte Klaus Riesle alias Simon. »Die Lebensgefährtin.«

Claudia Mielke überlegte, ob sie gegenüber diesem Krankenhaus-Sozialpädagogen eher zurückhaltend-kooperativ oder lieber selbstbewusst auftreten sollte.

Sie entschied sich für Letzteres.

»Hören Sie mal«, sagte sie. »Wenn es um die Übernahme von Kosten geht, dann machen Sie sich mal keine Gedanken. Wichtig ist, dass für meinen ... Lebensgefährten alles nur Erdenkliche getan wird. Verstehen Sie das?«

Die forsche Variante schien in diesem Fall nicht die optimale zu sein. Zumindest ließ sich der Mann am anderen Ende keineswegs einschüchtern.

Im Gegenteil.

Nun ging er nämlich in einer Weise zum Angriff über, wie es ein echter Vertreter des Sozialdienstes wohl kaum getan hätte. »Aha, Geld spielt also keine Rolle. Haben Sie nach dem Ableben Ihres wirklichen Ehemannes nun genügend davon?«

Schocktherapie, nannte Riesle im Geiste seine Attacke – um gleich fortzufahren: »Frau Mielke – zwei Männer, mit denen Sie ... ähm ... intim waren, sind einem Verbrechen zum Opfer gefallen. Wird jetzt bald noch ein weiterer bei uns eingeliefert?«

Der Überraschungsangriff gelang insofern, als Claudia Mielke wie vom Donner gerührt dastand. Riesle hatte eingeplant, dass sie nun mit dem kaufmännischen oder dem ärztlichen Direktor des Klinikums verbunden werden wollte, dass sie ihn beschimpfen oder zumindest misstrauisch werden würde.

Doch sie schwieg – und deshalb redete Riesle weiter.

»Zwei Männer aus Ihrem unmittelbaren Umfeld, Frau Mielke. Wer steckt dahinter? Sie? Oder hat ein Freund Ihres ermordeten Mannes ihn gerächt? An Gerber, weil er wusste, dass der Mielkes Mörder war? Sagen Sie ...«

Nun endlich reagierte Claudia Mielke.

Riesle merkte es daran, dass die Verbindung unterbrochen wurde.

»Wie, wir fahren jetzt nicht zu Frau Mielke? Das hatten wir doch gestern vereinbart!« Klaus war sofort in Rage, als er Hubertus wenige Minuten später vor dessen Haustür abholte.

Der Freund unterbrach ihn: »Klaus, wir haben eine neue heiße Spur. Dieser Typ, der sich bei uns respektive bei Martina eingenistet hat, hat Verbindungen zu den ›Blue Heroes‹, zu diesen Rockern.«

»Aber deswegen lassen wir uns doch jetzt nicht die Mielke entgehen! Ich habe bei der eben schon angerufen, weil ich wusste, dass du es im Ernstfall vergeigen würdest – so wie bei Frau Willy. Die Mielke ist jetzt bereits weich gekocht. Wir nehmen die gleich noch mal in die Mangel. Die quetschen wir aus wie …«

»Klaus!« Nun wurde auch Hummel lauter. »Dieser Junge, mit dem Martina sich blöderweise eingelassen hat, hat wohl massive Probleme mit den Rockern. Zumindest vermute ich das. Er hatte einen Sticker von den ›Blue Heroes‹ auf seiner Lederjacke.«

»Sticker?«

»Ja, er trägt nicht so eine Kutte wie die anderen Mitglieder, aber einen kleinen Sticker. Ich weiß noch nicht, was genau dahintersteckt. Ein reines Souvenir wird's ja nicht sein. Und er hat Martina gesagt, er habe heute Nachmittag ein gefährliches Treffen. Ich nehme mal an, mit diesen schweren Jungs. Wir sollten der Sache nachgehen. Es ist doch durchaus möglich, dass die Geschichte etwas mit dem Mord an Mielke und auch mit diesem Gerber zu tun haben könnte. Auf geht's – wir fahren jetzt zu der Adresse dieses Jungen. Hier, Am Schwalbenhaag. Keine Widerrede.«

Er hielt Klaus einen handgeschriebenen Zettel unter die Nase und redete einfach weiter, denn in solchen Fällen durfte man Riesle nicht zu Wort kommen lassen. Man musste ihm immer erst die gesamten Argumente an den Kopf knallen –

dann bestand die Chance, dass sich in seinen Gehirnwindungen etwas tat.

»Es könnte natürlich auch sein«, fuhr Hubertus fort, »dass er als Sympathisant dieser ›Heroes‹ Probleme mit den ›Silver Bulls‹ hat. Auf jeden Fall riecht die Entwicklung des Falles derzeit mehr nach Rocker als nach Frau Mielke.«

Riesle hatte sich mit beiden Händen am Lenkrad festgekrallt, starrte schweigend zunächst Hummel und dann den Zettel an.

»Komm schon, Klaus! Frau Mielke läuft uns doch nicht weg, die können wir noch anschließend befragen. Und denk noch mal an deinen Öffentlichkeitsmenschen von der Polizei. Der hat es dir doch selbst gesagt: Die Kripo ermittelt jetzt auch im Rockermilieu. Jetzt haben wir einen, der sich mit denen offenbar eingelassen hat und in massiven Schwierigkeiten steckt. Vielleicht hat er ein ähnliches Problem wie Mielke. Du bist doch sonst nicht so träge mit dem Gaspedal …«

Das war letztlich der entscheidende Satz. Ein Klaus Riesle ließ sich so etwas nicht zweimal sagen. Unter Missachtung sämtlicher Verkehrszeichen und Geschwindigkeitsbeschränkungen war er in nicht einmal fünf Minuten in der Straße, in der Peter Klingler wohnte.

Entweder Klaus war zu schnell oder zu langsam gewesen, von Peter Klingler war jedenfalls nichts zu sehen.

»Wir klingeln«, entschied Klaus.

»Wir schon mal gar nicht«, konterte Hummel. »Wenn, dann du. Mich kennt er ja.«

»Ja, und?«, gab Riesle zurück. »Ist doch dein gutes Recht, als Vater von Martina wissen zu wollen, was der Typ so treibt. Das ist jedenfalls überzeugender, als wenn ich meinen Presseausweis zücke und ihn mit Fragen bombardiere.«

Hubertus tendierte nach kurzem Überlegen dazu, nachzugeben. Immerhin hatte Riesle sich schon seinem Wunsch gebeugt, Frau Mielke hintanzustellen.

Und Klaus' Argument war in diesem Fall das stärkere. Wenn dieser Vogel der Freund seiner Tochter war, dann hatte er als Vater tatsächlich eine gewisse Verantwortung.

Aber war eine unauffällige Beschattung nicht der bessere Weg?

Man musste ja nicht gleich mit der Tür ins Haus fallen.

Manche Dinge regelten sich von allein. Fast jedenfalls.

Es öffnete sich nämlich wenige Meter vor ihnen eine Garage, und heraus kam ein junger Mann in Ledermontur mit einer Reisetasche in der Hand. Die andere Hand schob mühsam ein Motorrad, das vermutlich bereits einige Jahre auf dem Buckel hatte.

»Eine African Twin«, gab sich Riesle kenntnisreich.

»Das müsste dieser Peter sein«, meinte Hummel, während der behelmte Fahrer die Reisetasche an seinem Gefährt befestigte und dann an der Maschine herumschraubte. Sein Visier war hochgeklappt.

»Fahr ganz langsam und unauffällig mit dem Auto heran und dann vorbei. Ich lasse das Fenster einen Spalt herunter und mache mich mal unsichtbar. Er kennt mich ja.«

Klaus schaute abwechselnd auf den jungen Mann und auf Hubertus, der nun etwas ungelenk den Sitz herunterrutschte, bis sein Kopf auf dem Polster lag, das eigentlich für das Gesäß gedacht war. Seine Beine steckten yogamäßig angewinkelt im Fußraum.

Hubertus röchelte vor Anstrengung wie ein überzüchteter Pekinese.

»Und was jetzt?«, fragte Klaus und starrte im Vorbeifahren auf den jungen Mann. Schließlich war doch der eigentliche Plan gewesen, dass Hummel sich jetzt zu erkennen geben würde.

»Nicht so auffällig«, zischte Hubertus flüsternd. »Der hat

dich im Bistro ja auch schon mal gesehen. Und jetzt bitte unauffällig parken.«

Dann ertönte plötzlich »Highway to Hell« als Computersound. Ein Handy klingelte. Ganz offenbar das von Peter Klingler.

»Ja!«, brüllte Peter hinein und nahm dabei offenbar keine Notiz von dem vorbeifahrenden Kadett. »Dreißigtausend. Okay, ich komme sofort.«

Klaus parkte den Wagen ein paar Meter weiter vorne. Hubertus robbte sich langsam wieder den Sitz hoch und drehte sich dann den Rückspiegel so zurecht, dass er Klingler gut sehen konnte.

»He!«, protestierte Klaus nur kurz.

Klingler stieg derweil auf und fuhr los.

Hummel erinnerte sich jetzt, das Motorrad schon ein paarmal in der Nähe seines Hauses geparkt gesehen zu haben.

»Wir fahren diesem Typen hinterher«, entschied Riesle ad hoc und gab Gas.

»Am heutigen Tag deine bisher beste Entscheidung, Klaus. Aber fahr – im Gegensatz zu sonst – nicht so dicht auf. Sonst merkt der das sofort ... Und weißt du was? Ich bilde mir ein, diesen Typen gestern Abend im Casino gesehen zu haben.«

»Quatsch«, meinte Klaus, während er den Kadett gekonnt über einige alte Eisschollen lenkte. »Der wäre mir doch auch aufgefallen.«

»Du warst so in das Spiel vertieft. Der Tanz um das Goldene Kalb Geld rächt sich. Das habe ich schon immer gesagt.«

»Sei du bloß ruhig«, rief Riesle. »Du warst gestern ja nicht minder fanatisch.«

An einem erneuten Streit hatte Klaus allerdings kein Interesse. Es gab nun Wichtigeres. Deshalb versuchte er es mit einem Scherz: »Vielleicht fährt er zu Martina. Die hat ja gerade sturmfreie Bude ...«

»Außerordentlich witzig«, schimpfte Hubertus, dem man die Angespanntheit mittlerweile anmerkte.

Ohnehin nahm das Motorrad nicht Kurs auf die Südstadt, sondern in Richtung Schwenninger Steige.

»Wir hätten uns trennen sollen«, ärgerte sich Klaus, als der Motorradfahrer an der Ampel vor dem Ortseingang Schwenningen hielt. »Ich hätte die Mielke ausquetschen können, und du wärst dem Bürschchen hinterhergefahren.«

Hubertus winkte ab. »Sag mal, er hat doch vorhin etwas von dreißigtausend ins Handy gesprochen. Dreißigtausend Euro sollte das ja wohl heißen. Trifft er sich jetzt mit dem Geldgeber? Oder noch wahrscheinlicher: Schuldet er jemandem die dreißigtausend Euro? Vielleicht sogar den Rockern?«

Klaus nickte. »Mit seiner Mutter trifft er sich wohl kaum.«

»Gerber kann's ja wohl nicht sein. Der ist zweifelsohne noch im Krankenhaus. Wahrscheinlich doch die Rocker. Die ›Heroes‹? Oder die ›Bulls‹?«

Klaus zuckte mit den Schultern. »Das Ganze wird immer rätselhafter.«

Das Motorrad fuhr in Richtung des Stadtzentrums Schwenningen. Dichter Verkehr erschwerte die Verfolgung etwas – andererseits konnte Klingler so keinen Verdacht schöpfen. Und um sich zwischen den Autos hindurchzuschlängeln, fehlte ihm wohl das fahrerische Können.

Oder er wollte nicht auffallen.

»Der Junge war mir von Anfang an nicht geheuer«, murmelte Hubertus.

Das Motorrad fuhr jetzt an der Stadtkirche vorbei und nahm den nächsten Kreisverkehr in Richtung Messegelände.

In der Walther-von-Rathenau-Straße dämmerte Klaus etwas: »Weißt du, wo der hinfährt? Zum Eisstadion!«

Er schien recht zu behalten.

Plötzlich schlug Riesle aufs Lenkrad: »Der trifft sich nicht mit irgendwelchen Rockern, Hubertus. Willy! Der trifft sich mit Willy. Wahrscheinlich hatte Willy doch eine Affäre mit Frau Mielke! Verdammt! Wir hätten sie schon früher fragen sollen!«

Hubertus runzelte die Stirn. Unwahrscheinlich, aber nicht komplett unmöglich, zumal die African Twin jetzt tatsächlich nach rechts zur Helios-Arena abbog. Klaus war ganz aus dem Häuschen. »Da! Auf dem Parkplatz! Ich kenne den Porsche von Willy. Das ist er.«

Hubertus war fassungslos. »Aber welche Rolle spielt denn dieser Peter? Und Willy? Hat der auch Verbindungen zu den Rockern?«

Das Motorrad hielt auf dem Parkplatz, und Klingler stieg ab. Klaus stoppte kurz nach der Einfahrt des Parkplatzes und zwängte sich in eine Parkbucht.

»Verdammt«, flüsterte er. Die zwanzig Meter zwischen ihnen und Klingler reichten aus, um zu sehen, dass der junge Mann eine Schusswaffe aus seiner Reisetasche zog.

Klingler lief in Richtung Haupteingang der Helios-Arena und verbarg seine Waffe in der Jackentasche.

»Oh, Mann. Der will den Willy kaltmachen«, sagte Klaus aufgeregt.

Mit einigem Abstand folgten sie dem jungen Mann.

»Na, toll«, flüsterte Hubertus. »Zivi – und dann 'ne Waffe tragen. Wenn ich mich an meine mündliche Gewissensprüfung vor diesem Ausschuss erinnere. Bis die Verweigerung damals durch war ...«

Riesle hörte nicht zu. Komischerweise lief Klingler jetzt am Stadion vorbei und steuerte auf das Schwenninger Moos zu.

»Klaus, lass uns jetzt lieber die Polizei rufen!«, schnaufte Hummel.

»Warte noch ...«

19. VIEL LOS IM MOOS

Hubertus war kurz davor, schlappzumachen. Bei Eiseskälte in der nun beginnenden Dämmerung dem mit einer Pistole bewaffneten Freund seiner Tochter zu folgen, der sich tief in die immer noch leicht verschneite Mooslandschaft hineinbewegte – das war ihm eindeutig zu viel.

Wissenschaftler hatten hier einst Siedlungsnachweise aus der Bronzezeit gefunden. Das Moor konservierte die Dinge bestens. Einer Sage nach hatten die alten Germanen hier sogar Menschenopfer dargebracht.

Auf sonntäglichen Spaziergängen war Hubertus mit Elke manches Mal hierhergekommen. Tagsüber war das Erholungsgebiet, das zum Neckarursprung führte, außerordentlich schön.

Aber Hummel wusste nicht zuletzt aufgrund der vielen Schautafeln, die die Geschichte des Mooses verdeutlichten, dass ein falscher Schritt reichte, um in der Moorlandschaft in ernsthafte Schwierigkeiten zu geraten.

Wahrscheinlich würden ihn dann nach ein, zwei Tagen Spaziergänger als Leiche entdecken. Am besten sogar Elke, wenn sie hier mit Bröse vorbeilief.

Das würde ihr ganz recht geschehen.

Peter Klingler verlangsamte nun seine Schrittfrequenz und ging ein paar Meter vom Hauptweg ab. Der Schnee knirschte unter seinen Schuhen.

Schließlich blieb er stehen und drehte sich um.

Der Himmel war pechschwarz.

Ein Glück für Hubertus und Klaus, die sich auf Zehenspitzen hinter eine kleine Baumgruppe zwängten und so kaum zu entdecken waren.

Hubertus traute sich dennoch kaum zu atmen.

Die Umgebung wirkte absolut gespenstisch. Dazu kam die

unheimliche Stille, denn bei der Kälte und diesen Lichtverhältnissen waren keine Spaziergänger mehr unterwegs.

Fast keine.

Plötzlich knirschte es nämlich wieder. Abermals schien jemand den Hauptweg verlassen zu haben.

»Peter?«, rief eine leise Stimme.

»Ja!«, antwortete dieser.

Hubertus stellte es die Nackenhaare auf. Diese Stimme kannte er ...

»Hast du das Geld, Ziegler?«, fragte Peter.

Ziegler!

Kollege Ziegler!

Fast wäre Hubertus ein Schrei entfahren.

Der immer so zurückhaltend wirkende Lehrer überreichte dem Zivildienstleistenden einen Umschlag.

Die Bewegungen, das etwas Behäbige – ja, das war zweifelsohne Ziegler.

Was machte der hier?

Umständlich zählte Peter Klingler die Scheine im Umschlag, wirkte aber unzufrieden. »Ziegler, das sind nur fünfzehntausend Euro. Wir hatten fünfzigtausend für das Kaltmachen deines Kollegen vereinbart.«

Kaltmachen?

Hubertus glaubte kurz, sich verhört zu haben.

Doch, er hatte tatsächlich »Kaltmachen« gesagt.

Er warf Riesle einen Blick zu, doch dieser erwiderte ihn nicht, sondern hörte gebannt dem Dialog zu.

»Zwanzigtausend hast du mir schon gegeben. Jetzt fünfzehntausend. Da fehlt doch noch was, oder kannst du nicht rechnen, Lehrer?«, verschärfte Klingler den Tonfall.

Hubertus glühten die Ohren trotz der Kälte.

Was nun? Auch Klaus zuckte hilflos mit den Schultern.

Hummel überlegte: Jetzt war es wohl wirklich an der Zeit, Hilfe einzuschalten.

Vorsichtig kramte er aus seiner Jackentasche den Geldbeutel hervor und tastete nach der Visitenkarte des Kommissars, die er im Casino erhalten hatte.

Aus der anderen Tasche zog er das Handy und wählte die Nummer von Müller. Hoffentlich hatte er sich im Halbdunkel nicht verguckt.

Währenddessen stritten sich die beiden Männer.

»Peter, gedulde dich noch ein wenig. Gib mir noch eine Woche.«

Klingler schien unwillig. »Auch ich habe meine Außenstände, Lehrer. Und mir gewährt man keinen Aufschub mehr.«

Ziegler nickte. »Ich weiß, Peter. Spielschulden sind Ehrenschulden.«

Hubertus geriet in Panik. Wieso meldete sich dieser Kommissar nicht?

Immerhin beruhigte ihn, dass er gestern im Casino offenbar doch nicht halluziniert hatte.

Dieses Bürschchen war gerade mal seit einem Jahr berechtigt, im Casino zu zocken, und hatte schon Spielschulden angehäuft.

Kein Wunder. Wie schnell man davon süchtig werden konnte, hatte auch Hummel am Vorabend gesehen.

Müller meldete sich nicht. Typisch. Wenn man die Polizei mal brauchte …

Hubertus drückte den Knopf, um die Verbindung zu unterbrechen, und steckte das Handy wieder in seine Tasche.

Das Wortgefecht zwischen Peter und Ziegler ging weiter und nahm an Dramatik zu.

»Ich könnte dich jetzt über den Haufen schießen, Lehrer«, drohte Klingler und zog seine Pistole.

Ziegler beschwichtigte eindringlich: »Davon hättest du keinen Nutzen, Peter. Hör mal, ich will fair mit dir umgehen. Du bekommst das Geld. Wenn ich mehr besitzen würde, hätte ich dir auch den Auftrag für diesen Fitnesstypen erteilt, der Claudia belästigt hat. Es war nämlich nicht einfach, das selbst zu tun. Aber ich musste es tun. Ich musste. Das verstehst du doch?«

Hubertus und Klaus in ihrem Versteck waren fassungslos. Ziegler hatte also einen Mord angestiftet und einen weiteren selbst begangen – oder zumindest einen versuchten Mord, denn wie es Gerber ging, war ja unklar.

Und wie war das mit Claudia?

Ein Geräusch durchschnitt die Stille.

Kein normales Geräusch. Eine Tonfolge.

Di-dadi-dadi-dadi-dadaa – Mozarts »Kleine Nachtmusik«.

Hubertus griff panisch nach seinem Handy.

Verdammt! Warum hatte er das Gerät nicht auf lautlos gestellt?

Kommissar Müller hatte Hubertus' Nummer auf der Anzeige seines Telefons gesehen und rief zurück.

Für sein Mobiltelefon hatte Hummel die Ruftonlautstärke Stufe vier eingegeben. Das reichte.

Peter fuhr herum. »Mein Handy ist es nicht«, sagte er.

Ziegler schüttelte den Kopf. »Ich brauche kein Handy.«

Die beiden sahen sich um. Hubertus und Klaus wussten, dass sie keine Chance haben würden, und beschlossen, sich zu ergeben.

»Nicht schießen!«, riefen sie, krochen hinter den Bäumen hervor und klopften sich den Schnee ab.

»Hände hoch!«, brüllte Peter.

Dann staunte er: »Bist du nicht der Typ, der mich aus Martinas Zimmer geschmissen hat?«

Ziegler war nicht minder verblüfft. »Kollege Hummel. Sieh an.«

»Habt ihr alles gehört?«, meinte Klingler. »Dann sollte ich euch jetzt wohl gleich kaltmachen.«

Die beiden Freunde blieben die Antwort schuldig.

Von fern ertönten Geräusche, die an eine Büffelherde erinnerten.

Sie schienen näher zu kommen, und zwar rasch.

Peter drückte seinen Zeigefinger gegen den Mund. Er bedeutete den Hobbydetektiven, still zu sein.

Die Herde kam noch näher.

Hubertus überlegte, doch dann konnte er einfach nicht anders. Vielleicht würden die Büffel nicht sie, sondern diesen Jungkriminellen mit der Waffe überrennen. »Hilfe! Hilfe!«, brüllte er aus Leibeskräften und warf sich in den Schnee.

Klaus tat es ihm nach: »Hiiilfee!«

Aus Klinglers Waffe löste sich ein Schuss, der über die beiden am Boden hinwegpfiff.

Dann ging alles sehr schnell. Es waren keine Büffel, die da durchs Schwenninger Moos liefen. Es waren Schwäne – große, kräftige, durchtrainierte, wilde: die Schwenninger »Wild Wings« beim späten Lauftraining.

Binnen Sekunden waren sie nach dem Hilferuf und dem Schuss durch das Gebüsch gebrochen. Dann stürzten sich etwa fünf der Spieler auf Peter und entrissen ihm die Waffe. Ziegler blieb unbehelligt. Er sah viel zu harmlos aus.

Hubertus kam nicht so leicht davon, obwohl er der Hilferufer gewesen war.

Zu den joggenden Spielern gehörte nämlich auch Kirk Willy. Und der war überhaupt nicht erfreut, die Typen wiederzusehen, die ihn beinahe seine Ehe gekostet hätten.

»You again?«, brüllte er, stürzte sich auf die beiden und schlug auf sie ein. Während eines Spiels hätte das wohl fünf Minuten plus eine Spieldauerdisziplinarstrafe gegeben.

20. BRATWURST UND EKSTASE

Hubertus biss apathisch in seine Bratwurst mit Senf. Er merkte gar nicht, was er da zu sich nahm. Klaus hatte sie ihm in der Drittelpause mitgebracht und sich durch die zum Bersten gefüllte Halle gequetscht.

Eine nette Geste, doch an Essen dachte Hummel ausnahmsweise einmal nicht. Zwei zu drei stand es nach vierzig Minuten im alles entscheidenden Spiel um den Aufstieg. Nicht auszudenken, wenn die »Wild Wings« heute verlören.

Die erste Liga wäre passé.

Vermutlich würden einige Spieler wechseln.

Ob so eine Chance jemals wiederkäme?

Sie mussten einfach gewinnen.

Sie *mussten*!

»Papa, lass mich auch mal beißen.« Martina zog die Hand ihres Vaters mit der fettigen Bratwurst zu sich herüber und verschlang ein großes Stück.

Sie hatte von ihm die Eintrittskarte geschenkt bekommen. Der hatte sich vorgenommen, sich künftig mehr um die Tochter zu kümmern. Ohne ihn geriet sie offenbar automatisch in schlechte Gesellschaft.

Martina schaute immer noch ziemlich traurig, doch jedes Mal, wenn sie Hubertus und Klaus ansah, musste sie beinahe loslachen. Fast hätte sie sich an der Wurst verschluckt.

Riesle und Hummel hatten beide ein dickes blaues Auge.

Willy hatte ganze Arbeit geleistet und den Freunden wenigstens das gleiche, nämlich das linke, vorläufig ramponiert.

»Bei Willy stecken eben in Schlagschuss und Faust enorme Kraft«, rief Klaus zu Martina hinüber.

»Was?«, kam es von ihr zurück.

Gerade brandete wieder ohrenbetäubender Lärm im Eisstadion auf. Die »Wild Wings« starteten eine Tempoattacke auf die Verteidigungszone der Ravensburger »Tower Stars«.

Doch wieder nichts. Die Gäste stemmten sich mit Mann und Maus gegen den Ausgleich.

Wenn es so bliebe, würden sie die Meisterschaft und den Aufstieg feiern.

Hubertus war zunehmend verzweifelt. Er kaute nun statt auf der Bratwurst immer wieder auf seinem Schal herum.

Noch zwei Minuten.

Hundertzwanzig Sekunden.

Keine einzige zusätzlich. Die Stadionuhr lief unerbittlich.

Der Puck wurde nun auf Kirk Willy gepasst. Der ließ gekonnt einen Gegner aussteigen, spielte den Puck zu einem Mannschaftskameraden und erhielt ihn wieder zurück. Willy zog in Richtung Tor, fand aber keine Anspielstation und holte daher mit seiner Kelle zum Schlagschuss aus.

Er traf die Hartgummischeibe mit voller Wucht.

»Tooooooooooor!«, kam es aus den Kehlen der nun im Freudentaumel vereinten Doppelstadt.

Drei zu drei – Ausgleich, einhundertneun Sekunden vor der Schlusssirene!

Martina und Klaus lagen sich in den Armen.

»Jaaa!!!«, schrie Hubertus. Dann wollte er noch irgendetwas sagen. Aber es kam immer nur ein »Jaaa!« heraus.

Mit einem Arm umschlang er die Tochter und küsste sie auf die Wange.

Dann schleckte er den Senf von seinem blau-weißen Schal ab. Im Freudentaumel hatte er ziemlich gekleckert.

»Neunundfünfzigste Spielminute«, donnerte der Stadionsprecher. »Tooor für die Schwenninger ›Wild Wings‹. Auf Zuspiel der Nummer neun – Radek ...«

»*Krestan!*«, brüllte die Menge.

»Der Torschütze: die Nummer vierundsiebzig – Kirk ...«

» Willy! «

Jubel, Schreien, Hupen.

» Und der neue Spielstand! «, schrie der ekstatische Mann am Mikro. » Die › Wild Wings‹ ... «

» Drei! «, brüllten die Zuschauer.

» Und die Ravensburger? «, fragte der Sprecher ganz leise.

» Null! «, echoten die Fans nicht ganz wahrheitsgetreu, aber dafür umso lauter.

» Ich sagte doch: Willy hat eine enorme Schusskraft! «, schrie Klaus Martina ins Ohr, die angesichts der hohen Dezibelzahl das Gesicht verzog.

Klaus und Hubertus klatschten sich mit einer Hand ab, sodass Letzterem um ein Haar die Wurst doch noch aus der anderen Hand geglitten wäre.

Edelbert Burgbacher drängelte sich mit einer Palette Glühwein die Stehränge hoch. Er hatte es fertiggebracht, erst während des dritten Drittels im Stadion aufzukreuzen, hatte dann aber immerhin gleich Hummel und Riesle auf der Gegengerade erspäht. Kein Wunder bei deren auffälligem Äußeren nach Willys Handgreiflichkeit ...

Zur Strafe für seine Verspätung war Edelbert nun für den Getränkenachschub zuständig. Zuerst hatte er sich aber eine Standpauke von Klaus anhören müssen, der ihm durch seine Beziehungen die Karte besorgt hatte.

» Mindestens fünftausend Leute wollten unbedingt rein und dürfen nicht. Aber der Herr Impresario, der lässt sich Zeit ... «

» Hab ich was verpasst? Ist das Spiel schon vorbei? «, fragte Burgbacher mit verdutzter Miene.

» Nein. Overtime ist angesagt – Nachspielzeit «, belehrte Martina, während die Eismaschine ihre gleichmäßigen Bahnen über das Spielfeld zog.

» Hach, Eishockey «, säuselte Edelbert, schüttelte den Kopf und fuhr sich über die Glatze. » So viele Regeln. Da steigt man ja gar nicht durch. Ich bin da eher für improvisiertes Schauspiel.«

»Apropos Schauspiel«, unterbrach ihn Hubertus, der sich nun wieder gefangen hatte und seine Nervosität durch Reden überbrückte. »Das gestern im Schwenninger Moos war ja wohl ein filmreifes Spektakel. Hätte dir gefallen, Eddi.«

Klaus nickte zustimmend und prostete Martina und Edelbert zu.

»Nicht mehr traurig sein«, widmete sich Riesle nun der Hummel-Tochter. »Du kennst ja den Spruch mit den anderen Müttern, die auch hübsche Söhne haben.«

Martina kniff die Lippen zusammen. Zum jetzigen Zeitpunkt fand sie diese Art der Aufmunterung noch nicht besonders lustig.

»Also den Ziegler hatten wir nun wirklich nicht auf der Rechnung«, meinte Klaus.

»Wenn ich noch an dessen Unschuldsmiene auf dem Wochenmarkt denke, tsss«, pflichtete Hubertus bei. »Harmloses Muttersöhnchen, dass ich nicht lache. Und in der Schule der oberkorrekteste von allen Paukern.«

»Was Liebe und Eifersucht alles anrichten können, hat keiner wie Shakespeare auf der Bühne umgesetzt. Und doch so nah am wahren Leben«, dozierte Burgbacher und nippte an seinem Glühweinbecher.

Dann zückte er einen kleinen Flachmann. »Das Zeug ist mir zu wässrig. Mag jemand einen Grog?«, fragte er mit seinem schmetternden Bass.

Martina streckte ihren Becher hin. Um über den Schock hinwegzukommen, dass ihr Peter ein kaltblütiger Mörder war, brauchte sie einen Extraschluck. Und ihr Vater hatte heute nicht einmal etwas dagegen.

Nachdem sie ihn im Bistro gesehen hatte, wirkten seine Vorträge über die Gefahren des Alkoholismus ohnehin nicht mehr übermäßig überzeugend.

»Was ist eigentlich mit diesem Mann, der Ziegler den Tipp gegeben hatte, dass Mielke was mit Kirk Willys Frau hatte?«, wollte Martina wissen. »Ist der heute auch hier im Stadion?«

Hummel und Riesle blickten sich vielsagend an, ehe Klaus antwortete: »Den gab es nie. Den hat Ziegler sich nur ausgedacht, um den Verdacht in eine andere Richtung zu lenken.«

»Und fast hätte er damit noch Ärger zwischen den Schwenningern und den Ravensburgern provoziert«, ergänzte Hummel. »Wenn ich mir überlege, dass du ein Phantombild von jemandem angefertigt und verteilt hast, den es gar nicht gibt ...«

»Dieser Schuft«, fluchte Riesle in Erinnerung an die Arbeit. »Aber kreativ war er – das muss man ihm lassen.«

»Ziegler war völlig in die Mielke vernarrt, und die fühlte sich von ihrem Mann vernachlässigt. In einem schwachen Moment hat sie ihm mal für ein Schäferstündchen nachgegeben und ist ihn danach prompt nicht mehr losgeworden«, erläuterte Hubertus dem Impresario die Hintergründe des Falles.

»Als Claudia Mielke ihn dann mit der Begründung abwies, ihre Ehe retten zu wollen, drehte Ziegler völlig durch«, schaltete Klaus sich ein.

»Er verfolgte Herbert Mielke auf Schritt und Tritt und tauchte sogar im Casino auf, wo er seinen ehemaligen Schüler Peter Klingler traf, der in argen Geldnöten steckte. Der war zwar erst seit wenigen Monaten einundzwanzig Jahre alt und damit berechtigt, ein Casino zu besuchen, aber in dieser Zeit schon zum Spieler geworden.«

Ein, zwei Runden musste die Eismaschine noch drehen, dann konnte es mit der Verlängerung weitergehen. Die beiden Fanlager stimmten sich schon wieder mit Sprechchören ein – weshalb Klaus nun erneut brüllen musste.

»Und dass er sich dann bei diesen Rockern anbiederte, weil er dazugehören wollte, war der Anfang vom Ende. Sie haben ihn zu irgendwelchen Kurierdiensten benutzt, ihn aber nie ernst genommen. Schon zum Hangaround hätte er es nie geschafft, von einem vollwertigen Mitglied ganz zu schweigen. Einen solchen Sticker, wie er ihn an seiner Jacke hatte, kann aber eben jeder Loser tragen.«

Martina begann, leise vor sich hin zu schluchzen. Hubertus legte wieder den Arm um sie – so hilflos, wie das Väter eben tun. Doch auch in einem solchen Moment konnte er nicht ganz verbergen, dass er eigentlich mit den Gedanken schon wieder beim Spiel war.

»Willy wird das entscheidende Tor machen«, verkündete er dann.

Seine Tochter schob empört den väterlichen Arm von sich weg.

»Danke für euer Einfühlungsvermögen«, sagte sie, während Klaus weitererzählte.

»Peter wurde recht schnell spielsüchtig! Er lieh sich Geld, viel Geld bei diesen Rockern, die für ihre Wucherzinsgeschäfte bekannt sind. Das war gewissermaßen sein ganz persönlicher ›Highway to hell‹ … Und als sich bei ihm im Casino einfach keine Glückssträhne einstellte und die ›Heroes‹ mit immer mehr Nachdruck ihr Geld forderten, musste er irgendetwas tun …«

»In meiner Klasse war der Klingler nie«, betonte Hubertus. »Der hätte jedenfalls für Geld fast alles gemacht. Das merkte Ziegler, und er heuerte Klingler schließlich als Killer für Mielke an. Er wusste von dessen Kontakten zur Rockerszene und glaubte so, das Hindernis für seine Liebe zu Claudia Mielke beseitigen zu können.«

»Ich fass es einfach nicht«, schluchzte Martina.

»Nicht mehr weinen, Kleines«, beruhigte sie Hubertus. »Dein Peter war in einer verdammt verzweifelten Lage. Er schuldete diesen Rockertypen schließlich mehr als fünfzigtausend Euro.«

»Mich wundert, dass er Ziegler nicht erpresst hat, nachdem er von ihm den Auftrag bekommen hatte. So hätte er doch vielleicht auch an Geld kommen können«, überlegte Klaus. »Einfach sagen: Danke für den Auftrag. Und jetzt rück die Kohle raus, sonst gehe ich mit meinem Wissen zur Polizei …«

»Wahrscheinlich hat er gewusst, wie fanatisch Ziegler ist«, mischte sich Burgbacher ein. »Spätestens mit diesem Schlag auf den Kopf von Gerber an der Brigach hat der doch bewiesen, dass er alles aus dem Weg räumt, was seine Liebe zu dieser Mielke behindert. Tja«, dröhnte Edelbert, »die Liebe mal wieder – die stärkste Kraft überhaupt!«

»Vielleicht hatte Peter tatsächlich Angst, dass ihm Ziegler etwas antut, wenn er den Auftrag nicht ausführt«, meinte Hubertus, den jetzt das schlechte Gewissen gegenüber seiner Tochter ereilte.

Irgendwie musste er seine pauschale Peter-Kritik relativieren …»Und dann diese Rocker – mit denen war auch nicht zu spaßen«, suchte er nach Verständnis für Martinas Freund. Oder vielmehr Exfreund, wie Hummel sich überlegte.

Plötzlich beschäftigte ihn ein etwas absurder Gedanke: Musste Martina eigentlich noch mit Peter Schluss machen? Oder war die Verhaftung gleichbedeutend mit dem Ende der Beziehung?

Seine Gedanken wurden von Klaus unterbrochen, der ihn beschimpfte: »Du wieder mit deinem moralischen Gelaber! Wo bleibt der Opferschutz? Eiskalt hat er den Mielke unter den Augen von Tausenden Leuten erschossen und hätte dabei gut und gerne noch andere töten können!« Der Journalist schüttelte verständnislos den Kopf.

»Ich meine ja nur«, verteidigte sich Hubertus schwach.

»Moment mal«, unterbrach Edelberts Bass den kleinen Disput. »Wieso hat dieser Klingler den Mielke eigentlich im Eisstadion kaltgemacht? Vor so vielen Zeugen? Ich meine, da hätte man ihn doch leicht erwischen können.«

»Stimmt«, antwortete Klaus. »Aber Ziegler wollte es so. Er wollte unbedingt neben dem Opfer sitzen, weil er glaubte, damit unverdächtig zu sein. Und außerdem hat er fast so einen Sinn für Dramaturgie wie du, Edelbert. Klingler konnte sich mit seiner Sanitäteruniform im Eisstadion frei bewegen. Von schräg hinten hat er dann auf Mielke geschossen. Dabei vertraute er auf seine Zielgenauigkeit. Klingler war immerhin früher mal Sportschütze – und Ziegler wusste das. Vermutlich hat er ihn auch deshalb für diesen Mord ausgesucht.«

Hubertus schüttelte den Kopf. »Ein Kriegsdienstverweigerer im Schützenverein, tsss. Also, zu meiner Zeit …«

Martinas scharfer Blick brachte ihn zum Verstummen.

Klaus ließ sich nicht beirren. »Dafür kann der Schützenverein aber nichts. Immerhin haben die ihn vor wenigen Monaten rausgeschmissen, weil er als Kassenwart offenbar Geld veruntreut hat. Er brauchte wohl wirklich dringend Knete.«

»Und welche Rolle spielte Claudia Mielke in diesem ganzen Theater?«, fragte Edelbert und zerknautschte seinen Becher, nachdem er den Grog in zwei Zügen hinuntergekippt hatte.

»Die war völlig ahnungslos. Dabei wollte sie ja gar nichts mehr von ihrem Mann. Indem sie Ziegler mit dem Vorwand abwies, ihre Ehe retten zu wollen, lieferte sie den Gatten paradoxerweise ans Messer – ohne es zu wollen und zu wissen«, erklärte Klaus.

Dann setzte er sein fiesestes Grinsen auf: »Die war schon wieder mit einem neuen Lover zugange, als ihr Mann gerade im Eisstadion erschossen wurde. Mit Gerber.«

»Und derweil glaubte Ziegler, nun freie Bahn zu haben. Doch als er Claudia Mielke wieder den Hof machte, wies sie ihn erneut ab. Ziegler jedoch hörte nicht auf, ihr aufzulauern, und machte die Entdeckung, dass sie eine neue Affäre am Laufen hatte«, ergänzte Hubertus.

Klaus nickte. »Ziegler war völlig außer sich und nahm sich in seiner Eifersucht diesen Sportstudiofuzzi Gerber vor ... Doch Klingler, Mielkes Killer, hatte erst eine Anzahlung gesehen. Obwohl Ziegler ja kaum Geld gebraucht hat, war er nicht flüssig. Ein guter Teil seines Vermögens ist nämlich für Geschenke an Claudia Mielke draufgegangen.«

Hubertus schüttelte den Kopf. »Der war total verrückt nach der Mielke. Na ja, verschroben, zurückhaltend, wahrscheinlich noch nie 'ne Frau gehabt ...«

»Und dann musste er sich sogar von seiner Mutter Geld ausleihen, um den Killer zu bezahlen«, fügte Klaus hinzu.

»Auf jeden Fall war er dann beim zweiten Mal gezwungen, selbst Hand anzulegen«, meinte Hubertus. »Und zwar von hinten mit einer Eisenstange. Aber als Mörder war er zum Glück ein Stümper. Gerber geht es nämlich wieder besser.«

Dann winkte er lässig einem klein gewachsenen Mann zu.

»Wer war das denn?«, fragte Martina.

»Das ist der Bordellbesitzer Häringer«, erläuterte Klaus.

Martina schüttelte nur noch den Kopf. Wahrscheinlich musste sie künftig auf ihren Vater aufpassen – und nicht umgekehrt.

»Und ihr zwei Helden habt die beiden zur Strecke gebracht?«, mischte sich Edelbert wieder ein und lachte dröhnend los.

Hubertus winkte ab. »Na ja. Ein bisschen Glück braucht man bei detektivischen Ermittlungen schon. Hätte Martina nichts gesagt, wären wir wahrscheinlich nicht so schnell auf Peter und damit auch auf Ziegler gekommen.«

Klaus leerte seinen Becher und ergänzte: »Zumal ja manches für Claudia Mielke als Auftraggeberin des Mordes sprach. Schon wegen dieser Lebensversicherung, die ihr Mann verhökern wollte.«

»Sagt mal? Woher wisst ihr diese ganzen Details eigentlich?«, fragte Martina.

Hubertus grinste vielsagend. »Immerhin haben wir den Fall gelöst. Da haben uns die Kommissare Müller und Winterhalter doch glatt heute Morgen zum Beamtenfrühstück aufs Revier eingeladen. Herr Winterhalter hat uns seine selbst gemachte, wirklich delikate Wurst angeboten. Der ist Nebenerwerbslandwirt. Ein interessanter Typ. Hat geschmunzelt, weil er mit seiner Vermutung, die Rocker könnten was damit zu tun haben, auf der richtigen Spur war. Wenn auch nur indirekt ... Zum Mörder wurde ja dann ein Zivildienstleistender – und nicht die Rocker. Sie hatten Peter Klingler Geld geliehen und wollten es zu Wucherzinsen zurückhaben. Klingler wusste, zu was sie fähig sind – und daher musste er das Geld unbedingt auftreiben.«

Klaus setzte seinen durchdringenden journalistischen Blick auf. »Huby wollte mich ja wieder zurückhalten. Aber ich war so frei und hab die Kommissare gefragt, ob wir die Vernehmungsprotokolle des Falles lesen dürfen. Die waren so dankbar, dass sie das Ganze abschließen konnten, dass sie uns diese Bitte nicht abschlagen wollten.«

Hummel schaute derweil bangen Blickes aufs Eis, wo der Schiedsrichter eben das Bully zur Verlängerung freigegeben hatte.

Beide Mannschaften suchten angesichts dessen, was auf dem Spiel stand, nicht mit allen Mitteln die Entscheidung. Die Spannung war kaum auszuhalten. Der Schwenninger Trainer schrie sich mit seinem oberbayerischen Akzent fast die Seele aus dem Leib. Links von Hubertus fasste sich ein älterer Mann ans Herz – oder was er dafür hielt.

Die Torhüter bekamen in den nun folgenden Minuten zunächst recht wenig zu tun. Nur Schüsse aus dem Mitteldrittel, beide Teams hatten Angst, einen Fehler zu machen, der den Aufstieg gekostet hätte.

Nun drängte sich auch niemand mehr wegen des Getränkenachschubs durch die voll besetzten Stehplatzreihen. Die Blicke aller folgten der kleinen schwarzen Hartgummischeibe, und zwischendurch wurden sogar die Anfeuerungsrufe leiser, weil auch die Ultras unter den Fans zu gebannt waren.

Es bedurfte ganz offensichtlich einer Einzelaktion, um das Spiel und damit die Saison zu entscheiden. Es bedurfte eines Helden – und der Eishockeygott hatte seinen ganz eigenen Sinn für Dramaturgie.

Eben scheiterten die Ravensburger noch knapp, doch dann zogen die »Wild Wings« einen Konter an. Kirk Willy wurde bedient, der sich losgelöst von all den bösen Gerüchten über seine Frau durch die gegnerischen Reihen tankte, ins Gästedrittel eindrang und von halb rechts mit der Wucht seiner über hundert Kilo Körpergewicht abzog.

Der Puck war zu schnell für Hubertus' bebrillte Augen. Der sah als Erstes den hemmungslosen Jubel hinter dem gegenüberliegenden Tor, vernahm gurgelnde Laute um sich herum, erkannte, dass Kirk Willy beide Arme in die Luft riss und der Schiedsrichter mit ausgestrecktem Arm in Richtung Mittelkreis zeigte, und explodierte dann in einem Freudenschrei!

Der lang ersehnte Aufstieg in die DEL war vollbracht!

Das Stadion tobte wie seit Jahrzehnten nicht mehr. Einige Fans wären vor Freude fast von den Oberrängen gefallen, was die reichlich vertretene Polizei in Alarm versetzt hätte.

Es war einfach die pure Freude von Tausenden Eishockeyverrückten. Wie ansteckend dieses Fieber war, sah man an Edelbert Burgbacher. Er stürzte sich strahlend auf einen blonden, hageren Jüngling, der nach der sechsten oder siebten Umarmung etwas hilflos dreinschaute.

Kirk Willy wurde von seinen jubelnden Mitspielern verfolgt. Er kurvte immer noch wie wild übers Eis, und Hubertus schien es so, als habe er ihm und Klaus mit seinem Schläger zugewunken.

»Kirk Willy. Ein phantastischer Kerl!«, schrie Hummel in Richtung Riesle. »Dem haben wir ganz schön Unrecht getan!«

Klaus reagierte darauf erst zwanzig Minuten später, als es nach Champagnerduschen, Ehrungen, der La-Ola-Welle, dem unvermeidlichen »We are the Champions« und vielen weiteren Siegesliedern die Lautstärke wieder einigermaßen zuließ.

»Bedank dich bei Ziegler«, sagte er. »Der hat dir dieses Gerücht auf dem Wochenmarkt ins Ohr gesetzt. Und vielleicht haben wir uns die Veilchen von Willy wirklich auch etwas verdient – kein Wunder, dass der sauer war.«

Die Mannschaft war schon zur dritten Ehrenrunde aufgelaufen, zur Freude des Publikums, das weiter ausharrte.

»Das Spiel ist jetzt aber schon endgültig vorbei, oder?«, erkundigte sich Burgbacher.

»Ja. Weil es nach sechzig Minuten unentschieden stand, gab's eine Verlängerung«, erklärte Hubertus geduldig.

»Und das war jetzt der ›Sudden Death‹, der plötzliche Tod«, ergänzte Klaus.

»Ein ›Sudden Death‹ hat auch Mielke ereilt«, kalauerte Hummel.

»Ganz schön makaber, Herr Lehrer«, ermahnte Riesle seinen Ermittlerkollegen. »Auf jeden Fall finde ich, dass wir gute Arbeit geleistet haben. Und du hast die Ehre deines Berufsstandes gerettet, Hubertus.«

»Ich habe doch gesagt, dass ich den Fall aufklären werde.

Hubertus Hummel kämpft nämlich gegen jede Art von Unrecht«, sagte Hubertus pathetisch.

Dann wandte er sich seiner Tochter zu. »Merk dir, Martina, der Name Hummel ist Verpflichtung. Denn wie hieß der Villinger Gründungsrektor der Universität Freiburg?«

Martina stöhnte. Die Geschichte kannte sie. »Hummel. Matthäus Hummel.«

Hubertus fuhr ungerührt fort: »Und wie hieß der Schmiedzunftmeister Villingens im Jahre 1786?«

Martina nickte ergeben. »Hummel, Papa. Baptist Hummel.«

Klaus lachte über seinen Freund und strebte dann allmählich in Richtung Ausgang.

»Wie? Du gehst schon? Kommst du nicht mehr mit ins Bistro?«, fragte Martina enttäuscht. Heute durfte sie sogar in Begleitung ihres Vaters in dessen Stammkneipe. Sie überlegte noch, ob ihr das vor ihren Freunden peinlich oder angesichts der momentanen Lage doch ganz recht sein sollte.

»Ich komme später nach, muss aber erst mal kurz bei einer Versammlung der CDU im Beethovenhaus vorbeischauen«, erklärte Klaus. Er war wieder im Dienst und stolz: Die Aufklärung des Mordes an Mielke hatte er als Exklusivgeschichte in seiner Zeitung gehabt.

Hummel schaute säuerlich. »Dort triffst du doch bestimmt Bröse?«

»Bestimmt«, antwortete Riesle.

Dann wandte er sich an Martina. »Weißt du übrigens, wer deinen Peter verteidigen wird?«

Sie zuckte mit den Achseln.

»Der Liebhaber deiner Mutter, Guntram Bröse.« Er grinste. »Da kannst du nur hoffen, dass Bröse vor Gericht ein gutes Karma hat.«